MONIQUE SCHARMACHER

Tödliches Allerlei

STREUSELSCHNECKEN MIT SCHUSS Am Morgen des Jahrestages der Völkerschlacht zu Leipzig wird in der Krypta des Monuments eine Leiche gefunden, gekleidet in die Uniform eines französischen Soldaten. Innerhalb weniger Stunden beginnt das Team um Kriminalhauptkommissarin Susanne Mayer den vermeintlichen Tathergang zu rekonstruieren und potenzielle Tatverdächtige zu befragen. Doch trotz ihrer Ermittlungen in unterschiedliche Richtungen kommen sie der Lösung des Falls nicht näher. Wie konnte das Opfer mitten in der Nacht in das Denkmal gelangen? Und welche Rolle spielte das kulinarische Duell mit einem Widersacher am Vorabend? Nur kurze Zeit später wird ein zweiter Toter entdeckt, diesmal in einem alten Fabrikgelände. Bekleidet ist er mit den Lumpen eines Arbeiters des 19. Jahrhunderts. Während das Team versucht, die Morde aufzuklären, ermittelt der neue Kollege Gustav König inoffiziell in einem weiteren Fall, der auf eine verzwickte Art mit seinem Vorgesetzten zusammenhängt. Doch ohne Beweise muss er sich mit seinen Verdächtigungen zurückhalten und sucht Ablenkung im Nachtleben der Stadt.

© Ildiko Sebestyen Photographie

Monique Scharmacher wurde 1985 in Leipzig geboren. Von jeher liebte sie es, sich kreativ zu betätigen, Texte verschiedenster Genres zu schreiben sowie Geschichten zu kreieren. Neben ihrem Beruf im Marketing und ihrer journalistischen Tätigkeit bringt sie ihre Einfälle in der Freizeit zu Papier. So entstand vor einigen Jahren die Idee zu einem Roman und ihre persönliche literarische Reise begann. Mit »Tödliches Allerlei« veröffentlicht Monique Scharmacher ihr Krimi-Debüt, das dazu einlädt, die Ermittlungen ihres Leipziger Teams zu begleiten, mit ihnen zu schmunzeln und dabei eine Führung durch die Schönheit der mitteldeutschen Metropole zu unternehmen.

MONIQUE SCHARMACHER

Tödliches Allerlei

KRIMINALROMAN

GMEINER

Immer informiert

Spannung pur – mit unserem Newsletter informieren wir Sie
regelmäßig über Wissenswertes aus unserer Bücherwelt.

Gefällt mir!

Facebook: @Gmeiner.Verlag
Instagram: @gmeinerverlag
Twitter: @GmeinerVerlag

MIX
Papier aus verantwor-
tungsvollen Quellen
FSC® C083411
FSC
www.fsc.org

Besuchen Sie uns im Internet:
www.gmeiner-verlag.de

© 2022 – Gmeiner-Verlag GmbH
Im Ehnried 5, 88605 Meßkirch
Telefon 0 75 75 / 20 95 - 0
info@gmeiner-verlag.de
Alle Rechte vorbehalten
1. Auflage 2022

Lektorat: Claudia Senghaas, Kirchardt
Herstellung: Mirjam Hecht
Umschlaggestaltung: U.O.R.G. Lutz Eberle, Stuttgart
unter Verwendung eines Fotos von: © AVTG / AdobeStock
Druck: CPI books GmbH, Leck
Printed in Germany
ISBN 978-3-8392-0309-5

GEDANKEN TÄTER

Er hätte das nicht gewollt. Nein, er hätte es sogar verabscheut. Niemand hat Respekt, und niemand hält sich an die Regeln. Er hatte es mir damals schon versucht zu erklären. Aber ich war zu schwach, zu egoistisch, bin dem Traum hinterhergejagt, von anderen Menschen geliebt zu werden. Ich wollte einfach nicht wahrhaben, dass jedes seiner Worte stimmte.

Nun ist es an mir, die Arbeit weiterzuführen. Ich habe einen anderen Weg gewählt als er, aber das ist schon okay. Wer Fehler macht, muss bestraft werden, und ich werde bestrafen. Sie sollen für ihre Ignoranz bezahlen. Der Anfang ist gemacht.

Sein Gesichtsausdruck war faszinierend gewesen. Der Moment, in dem ihm klar wurde, dass irgendetwas nicht stimmte, in dem sich sein herzliches Lachen zu einer hässlichen, angstvollen Fratze verzog. Wie er hastig nach Luft schnappte, so unbedingt leben wollte, aber ahnte, dass ihm dieser Wunsch verwehrt bleiben würde. Als er dann schon am Boden lag und mich mit diesen weit aufgerissenen Augen flehend ansah, empfand ich fast ein wenig Mitleid mit ihm. Doch die Genugtuung überwog. Ich wollte nicht zweifeln, und ich musste auch nicht zweifeln. Wer Fehler macht, sollte bestraft werden. Und dieser Mann hatte Fehler gemacht. Das stand außer Frage.

19. OKTOBER | 5 UHR

Erbarmungslos klingelte das Mobiltelefon auf dem kleinen rustikalen Schränkchen neben Susannes Bett. Das penetrante Geräusch hatte sich schon rücksichtslos in ihren Traum gestohlen, als sie noch glücklich unter der Sonne am Strand der französischen Riviera lag. Noch während ihre Zehen durch den warmen feinen Sand streiften, machte sich schon das nagende Gefühl breit: Jemand wollte sie ihrer Oase entreißen. Der farbenfrohe Cocktail schmeckte plötzlich fade, und das wohltuende Rauschen der sanften Wellen hatte seine Anziehungskraft verloren. Blinzelnd versuchte Susanne, ihre müden Augen zu öffnen, versuchte zu verstehen, wo sie sich gerade befand. Schlaftrunken realisierte Susanne nur langsam, dass sie nicht mehr im orange-weiß gestreiften Liegestuhl lag, und auch das Glas mit dem bunten Mixgetränk in ihrer Hand hatte sich aufgelöst. Die Realität hatte sie noch nicht wieder komplett zurück, da bohrte sich das Klingeln des Handys erneut in ihren Schädel.

Die Melodie musste sie unbedingt ändern, es gab angenehmere Klänge als ein lautstarkes Hupen, um in den Tag zu starten.

Sie streckte ihren Arm aus und tastete auf dem Nachttisch nach dem lärmenden Telefon, einige Versuche später hielt sie es endlich in den noch steifen Fingern.

Mit kratziger Stimme meldete sie sich: »Mayer.«

»Nu guten Morgen, meene Kleene.« Susanne wusste sofort, wer am Apparat war. Was war es doch für eine Freude, mit Olaf Winkler am Handy den Tag einzuläuten.

»Winkler, kannst du mir mal bitte nicht schon um diese Zeit auf den Keks gehen? Ich habe dir mindestens 1000 Mal erklärt, dass ich weder deine ›Kleene‹, noch ein ›Mäusel‹ oder ein ›Mädel‹ bin. Alles klar?«

»Okay, okay, Frau Kriminalhauptkommissarin, dann eben förmlich.« Susanne seufzte resigniert, war ja klar, dass für Winkler nur das eine oder das andere funktionierte.

»Was gibt's, Winkler?«

»Wir haben hier eine Leiche. Fundort ist die Krypta des Völkerschlachtdenkmals. Ich bin schon auf dem Weg mit den Kollegen der Kriminaltechnik.«

»Warum weißt du denn vor mir davon?«

»Nu reg' dich doch nicht uff, ein junger Kollege hat mich informiert, der die Kette der Verantwortlichkeiten noch nich ofm' Schirm hat. Halb so schlimm, nu weest du's ja och.«

»Ich bin in circa 30 Minuten vor Ort.« Susanne beendete das Gespräch. Ihren Posten hatte sie noch nicht lange in ihrer Heimatstadt inne. Viele der alteingesessenen Kollegen kannten sie noch als blutige Anfängerin im Dienst und behandelten sie auch so. Das musste sich dringend ändern. Hoffentlich gewann sie nach den ersten Ermittlungserfolgen auch hier den Respekt, den sie von der alten Dienststelle gewohnt war. Frustriert pfefferte Susanne ihr Telefon auf das Bett und ließ sich zurück in die weichen Kissen fallen. Draußen war es noch finster, und sie hörte den Regen monoton gegen die Scheiben des Schlafzimmerfensters prasseln. Unaufhörlich bohrte sich das tuckernde Geräusch in ihren Schädel und erinnerte sie einmal mehr an die Flasche Rotwein, die sie gestern Abend geleert hatte, während sie über den Notizen zu einem alten Fall brütete. Eindeutig ein Fehler.

Aber es nutzte nichts. Es gab eine Leiche, und sie musste sich darum kümmern. Mit einer schwungvollen Bewegung warf sie die dicke warme Decke von sich und sprang mit einem Satz auf den kalten Eichenparkettboden. Auch diese Bewegung fühlte sich an wie ein großer Fehler, aber ihr blieb keine Wahl. Nach einer Dusche würde es schon wieder gehen.

Es war gerade erst kurz nach 5 Uhr, auf dem Weg zum Tatort sollte sie die Straßen fast für sich allein haben.

19. OKTOBER | 6 UHR

Den Dienstwagen parkte sie vor den Stufen, die zu dem imposanten Wasserbecken am Fuß des Denkmals führten. Die Fahrt in den Süden der Stadt hatte noch weniger Zeit in Anspruch genommen als gedacht. Als Susanne aus dem Wagen stieg, durchzog sie ein Schauer. Die Kälte kroch sofort wie kleine hinterlistige Spinnen ihren Körper empor und erzeugte Gänsehaut auf ihren Unterarmen. Wie konnte sie auch Mitte Oktober ihre Jacke zu Hause vergessen? Es versprach, kein angenehmer Tag zu werden. Insgeheim nervte sie sich selbst mit ihrem Gejammer, der Mensch, dessen lebloser Körper gefunden wurde, hatte eindeutig einen schlechteren Start in den Tag gehabt.

Am Rande des Beckens hielt Susanne für einen kurzen Augenblick inne. Das raue Wetter an diesem Morgen machte Reflexionen unmöglich, aber von vergangenen Besuchen wusste sie, dass sich das Denkmal ansonsten als Spiegelbild auf der ruhigen Oberfläche des Wassers wiederfand. Der massive Bau ragte auf der anderen Seite empor. Tagsüber war dies ein Touristenmagnet, viele Besucher erklommen verbissen die 364 Steinstufen bis zur obersten Plattform. Zugegebenermaßen wurden sie nach der Anstrengung mit einem unglaublichen Ausblick auf die gesamte Stadt belohnt. Eingehüllt in Dunkelheit, ummantelt vom strömenden Regen und in der Gewissheit, dass das Leben eines Menschen in diesen Mauern kürzlich ein unwiderrufliches Ende gefunden hatte, wirkte das Monument an diesem Morgen beängstigend, fast schon bedrohlich auf Susanne. Zügig ging sie entlang der linken Flanke auf das Denkmal zu, dabei ließ sie die massiven Sandsteinbrocken nicht aus den Augen, als ob sie sich auf sie stürzen würden, sobald sie den Blick abwandte. Der aufgeweichte Boden unter ihren Füßen erzeugte bei jedem Schritt schmatzende Geräusche, ihrem Lieblingskollegen Winkler wäre dazu bestimmt ein unpassender Spruch eingefallen.

»Kannst du mir schon etwas sagen, Winkler?«

Der Gerichtsmediziner schaute sie aus müden Augen an.

»Ah, Frau Kriminalhauptkommissarin Mayer. Schön, dass Sie uns auch schon beehren. Wird auch höchste Zeit, ich möchte den Kollegen hier gerne mitnehmen und ihn mir auf meinem Tisch genauer anschauen.«

»Umso eher du aufhörst zu lamentieren und mir den aktuellen Stand darlegst, umso schneller kommst du in deine eisige Kammer.«

Susanne versuchte, unbeeindruckt und lässig zu klingen, merkte aber selbst, dass sie weit am Ziel vorbeigeschrammt war. Wie peinlich.

Olaf Winkler schaute sie noch einen Moment mit seinem bohrenden Blick an und begann dann langsam, die bereits errungenen Erkenntnisse vorzutragen, natürlich nicht ohne erneut gegen seine junge Kollegin zu sticheln.

»Unsereins war ja bisher nicht so untätig wie einige Kollegen.«

Susanne überging diese Bemerkung, es war einfach zu früh dafür.

»Der Gute hat's anscheinend vor nicht allzu langer Zeit hinter sich gebracht, nach erster Einschätzung vor circa drei bis fünf Stunden. Näheres weiß ich, wenn wir ihn aufgeschnibbelt haben. Die Kollegen von der Spurensicherung fanden in der Tragetasche des Toten den Personalausweis. Laut Dokument handelt es sich um François Claude, 52 Jahre alt, wohnhaft in Leipzig. Die Beweisstucke sind bereits für nähere Untersuchungen mitgenommen worden.«

»Gibt es schon Hinweise auf die Todesursache?«

»Mädel, du weißt schon, dass ich es vorziehe, keine Mutmaßungen anzustellen, sondern fundierte Aussagen nach einer Obduktion zu treffen.«

»Winkler, ich bin nicht dein Mädel. Und nun zu meiner Frage. Ich weiß deine Professionalität zu schätzen, bin mir aber sicher, dass du bereits eine Vermutung hast, was die Todesursache war.«

»Man, wo sind die Zeiten hin, in denen man unter Kollegen noch scherzen konnte und sich die Frauen nicht sofort beschwert haben?«

»Die sind vorbei. Gewöhn dich dran.«

»Alles klar.« Olaf Winkler räusperte sich und legte einen professionelleren Ton in seine Stimme, als er weitersprach. »Nach bisherigem Kenntnisstand gehe ich davon aus, dass das Opfer vergiftet wurde.«

»Was bringt dich zu dieser Vermutung?«

»Neben dem Mann hat eine lederne Trinkflasche gelegen.«

»Und?«

»Unser Opfer riecht nach Bittermandel aus dem Mund.«

»Du hast an dem Mund des Toten gerochen?«

»Das ist mein Job.«

»Okay.« Susanne schüttelte es. Als Gerichtsmedizinerin hätte sie keine Chance gehabt. »Und was soll es mir sagen, wenn das Opfer nach Bittermandel riecht? Bisher kann ich dir noch nicht folgen.«

»Och nee, stell dich doch bitte nich so an.« Olaf Winkler machte eine lange Pause, um die Spannung anzukurbeln. »Wahrscheinlich wurde der Mann mit Cyanid vergiftet.«

»Aha.«

»Ja. Aha! So, kann ich den armen Kerl nu mitnehmen?«

»Nicht so schnell.« Susanne Mayer trat einige Schritte auf den leblosen Körper zu. Auf den ersten Blick wirkte es fast, als würde er schlafen, die schwarzen Locken fielen ihm ins Gesicht, eine Hand ruhte auf seinem üppigen Bauch. »Ist die Haut der Leiche rosa verfärbt, oder täusche ich mich?«

»Das kommt vom Gift.«

»Oh. Und was hat er denn da überhaupt an? Ist das eine Uniform?«

»Ach so ja, genau. Das wird dann wohl deine Aufgabe sein zu klären, warum er so aussieht und diese olle Kluft trägt. Die Kollegen von der Spurensicherung haben in der Tragetasche des Mannes außer seinem Ausweis auch noch eine Mappe mit Unterlagen über die Völkerschlacht von 1813 gefunden. Du weißt schon: zeitliche Daten, spezielle Geschehnisse und so weiter. Außerdem eine Rechnung aus diesem Restaurant hier in der Nähe. Ich komme gerade nicht auf den Namen. Irgendwas mit einem Tier.«

»*Zum ollen Gaul*?«

»Stimmt, so heißt's. Jedenfalls, die Rechnung war auf den gestrigen Tag ausgestellt, jemand hat zwölfmal Sülze bestellt. Echt was Feines. Naja, die Details gehören zu deinem Job.«

Susanne musste tief einatmen, auch wenn er damit

recht hatte, aber seine überhebliche Art brachte ihre Unterkiefer zum Knirschen. »Außerdem befand sich in der Tasche eine zerknitterte Quittung von einem Laden hier in Leipzig. Der Name deutet auf einen Kostümverleih hin, klingt ganz komisch: *Verkleiden und mehr*. Vielleicht nutzt es euch ja. So, war's das? Ich pack ihn jetzt mal ein.«

19. OKTOBER | 7 UHR

Wie konnte der Tote mitten in der Nacht in das Denkmal gelangen? War er aus freien Stücken in die Krypta gegangen oder wurde er von seinem Mörder dorthin gebracht? Unaufhörlich kreisten die Gedanken in Susannes Kopf, die mit ihrer Anwesenheit beinahe den nagenden Kopfschmerz verdrängten, der sie seit dem unsanften Weckruf begleitete. Aber eben nur beinahe. Mit den Zeigefingern massierte sie in kreisenden Bewegungen die pochenden Schläfen, während sie nach dem Mann Ausschau hielt, der den Leichnam gefunden hatte. Ein Wachmann mittleren Alters, der gegen 4 Uhr morgens zur Ablöse im Büro des Wachschutzes eingetroffen war.

Nachdem von seinem Kollegen, der die Nachtschicht hatte, jegliche Spur fehlte, machte er sich auf die Suche nach ihm. Doch statt ihm fand er die sterblichen Überreste von François Claude und informierte umgehend die Polizei. Der Schock stand ihm noch immer ins Gesicht geschrieben, zwischen Daumen und

Zeigefinger seiner linken Hand drehte er eine Zigarette in zackigen Kreisen, offenbar gierig darauf wartend, endlich den ersten Zug des Glimmstängels in seinen Lungen zu spüren.

»Hallo, mein Name ist Susanne Mayer, Kriminalhauptkommissarin.«

»Gutn Morgn. Uwe Steinig.« Der Mann schien noch nervöser zu werden.

»Sie haben die Leiche gefunden?«

»Ja. So was sieht man nicht alle Tage.« Uwe Steinig versuchte sich in einem lockeren Lächeln, aber sein Blick zeugte eher von Abscheu als von Gleichmut.

»Geht es Ihnen gut?«

»Wird schon.« Er richtete sich auf, die Zigarette wechselte die Hand, und während Uwe Steinig tief einatmete, blähten sich seine Nüstern unnatürlich weit auf.

»Erzählen Sie mir, was passiert ist. Wie haben Sie die Situation wahrgenommen?«

»Das habe ich vorhin schon Ihren Kollegen erzählt.«

»Erzählen Sie es noch einmal.« Susanne Mayer kannte das Spiel. Niemand redete gerne über solch schreckliche Ereignisse.

»Ich bin gegen 4 Uhr im Büro des Wachpersonals eingetroffen, wie immer 30 Minuten vor Dienstbeginn, damit ich noch in Ruhe eine Tasse Kaffee trinken und mein Marmeladenbrötchen essen kann. Als ich eintraf, war das Büro leer. Sehr außergewöhnlich. Die letzte Runde der Nachtschicht sollte laut Protokoll gegen 3.30 Uhr beendet werden. Normalerweise sitzt der Kollegen dann um 4 Uhr schon im Büro, und wir unterhalten uns noch etwas, bis mein Dienst beginnt. Sie wissen schon: War irgendetwas auffällig? Funktioniert das Equipment? Solche Sachen eben. Als vom Kollegen nichts zu sehen war, habe ich mich gleich auf die Suche gemacht. Wir hatten letztes Jahr einen Unfall zu beklagen. Einer der Mitarbeiter war von der Steintreppe gestürzt und lag die halbe Nacht mit zwei gebrochenen Beinen am Fuß der Stufen, bis die Ablöse kam. Sie können sich vorstellen, was das für Schmerzen waren. Ich wollte sichergehen, dass sich so etwas nicht wiederholt hatte. Doch anstelle meines Kollegen fand ich den Körper in der Krypta in diesem komischen Aufzug.«

»Wie konnte er hereingelangen?«

»Ich habe keine Ahnung. Besuchern ist nach den offiziellen Öffnungszeiten der Zutritt nicht mehr gestattet.«

»Wie hieß der diensthabende Kollege der Nachtschicht?«

»Das ist der Sammler, Raik Sammler. Wir, also unser Chef und ich, haben schon mehrfach versucht, ihn zu erreichen, aber der Typ geht einfach nicht ans Telefon. Ich versteh das nicht. Was für ein kranker Scheiß geht hier vor sich?« Unsanft rieb er sich mit der linken Hand das verschwitzte Gesicht.

»Bitte geben Sie mir die Kontaktdaten von Herrn Sammler.«

»Ja, natürlich.« Uwe Steinert lief in seiner verwaschenen Kluft der Sicherheitsfirma in das Büro des Wachpersonals und tippte grob und ungelenk auf der Tastatur des Computers herum. Der Drucker hinter ihm begann langsam, sich in Bewegung zu setzen und spuckte letzten Endes ratternd ein Blatt Papier aus. Uwe Steinert nahm es aus der monströsen Maschine, die wie ein Relikt vergangener Tage wirkte, kam auf die Ermittlerin zu und reichte es ihr.

»Bitteschön. Kann ich jetzt meine Kippe rauchen gehen?«

»Ja.« Susanne schaute dem Mann hinterher, der ausgesprochen flink in Richtung des Ausgangs lief. Sie war froh, dieses Laster vor einige Jahren endgültig aufgegeben zu haben, auch wenn die eine oder andere berufliche Situation die Lust auf einen tiefen Zug ab und zu aufblitzen ließ.

Susanne hatte kaum Gelegenheit gehabt, sich die Daten auf dem Ausdruck durchzulesen, als sie durch ein Poltern aus Richtung des Ausgangs abgelenkt wurde. Der Wachmann kam ihr mit dem Telefon in der einen und glimmender Zigarette in der anderen Hand hektisch entgegengerannt, sichtlich bemüht, nicht über seine eigenen Füße zu stolpern.

»Er ist am Handy«, hechelte er und streckte ihr das Telefon entgegen.

Die Kommissarin legte den altmodischen schwarzen Plastikklumpen mit Klappmechanismus an das linke Ohr und hielt sich das rechte zu, um besser verstehen zu können. Zuerst hörte sie nichts, dann ein leises Wimmern, das sich langsam zu einem Schluchzen aufbaute.

»Hier spricht Susanne Mayer, Kriminalhauptkommissarin. Herr Sammler?«

»Ich war's nicht. Ich hab' damit nüscht zu tun.«

»Erst einmal ganz ruhig, Herr Sammler. Wir wollen doch nur wissen, was heute Nacht passiert ist.«

»Aber ich war's nicht.«

»Herr Sammler, warum hat Ihr Kollege Sie zum Schichtwechsel nicht an Ihrem Arbeitsplatz vorgefunden? Und wie war es möglich, dass sich ein Unbefugter nachts im Monument aufhielt? Wie ist er hier hereingekommen?«

Tränenreich erzählte ihr der Mann am Telefon, dass er François Claude bereits vor einiger Zeit alle notwendigen Schlüssel und Codes für das Betreten des Denkmals gegeben hatte. In den Nächten, in denen sich François Claude für einen Besuch im Denkmal »angemeldet« hatte, war er nicht immer vor Ort. Oftmals verließ er noch vor Eintreffen des »Gastes« seinen Arbeitsplatz, um die Zeit in seinem Lieblingsstripklub *Flotter Käfer* zu verbringen. Auch diese Nacht wollte er in dem Etablissement verbracht haben. Ob es Zeugen gab, die seine Angaben bestätigen könnten, wisse er nicht. Der Klub war voll, und ob sich jemand an ihn erinnere, konnte er nicht mit Sicherheit sagen.

»Aber mit dem, was da passiert ist, hab' ich nüscht zu tun.«

Die beiden kannten sich schon lange, sie hatten sich vor einigen Jahren auf einem Flohmarkt kennengelernt, und alle paar Monate ließ er ihn für eine Nacht ins Denkmal. Warum das für François Claude so wichtig war und was er in dieser Zeit dort tat, wusste er nicht, ging ihn ja auch gar nichts an.

Susanne Mayer hatte große Probleme, ihren Gesprächspartner zu verstehen. Mittlerweile war sein Schluchzen wieder zu einem Wimmern verkümmert, und er nuschelte seine Erzählung mühevoll dahin.

»Denken Sie, ich verliere nun meine Arbeit?«

Diese Frage überging die Ermittlerin absichtlich. Die Entscheidung lag nun wirklich nicht in ihrer Hand, es würde sie aber stark wundern, wenn er noch einmal einen Fuß in dieses Denkmal setzen würde, zumindest als Wachmann.

»Warum waren Sie zum Schichtwechsel nicht auf Ihrem Posten?«

»Ich war wie immer eine Stunde vor Schichtwechsel zurück, um François rechtzeitig zum Gehen zu bewegen, und da habe ich ihn schon dort in der Krypta sitzen sehen. Total abstoßend. Der Typ war rosa angelaufen, und als ich ihn mit meiner Fußspitze berührt habe, ist sein Kopf so komisch zur Seite gefallen. Das war einfach zu viel, als wäre ich gefangen in einem dieser scheiß Krimis. Ich konnte in dem Moment nicht dortbleiben und wollte nur noch weg.«

»Kam Ihnen nicht in den Sinn, Ihren Fund zu melden?«

»So weit habe ich tatsächlich nicht gedacht. Es war wie ein Aussetzer. Richtig zu mir gekommen bin ich erst wieder zu Hause.«

»Warum konnte Ihr Kollege keine Aufnahmen der Überwachungskameras aus Ihrer Schicht finden?«

»Die schalte ich immer aus, wenn François zu Besuch ist.«

War ja klar.

»Wo befinden Sie sich gerade?«

»Zu Hause.«

»Bleiben Sie dort. Ich schicke Beamte zu Ihnen, wir müssen Ihre Aussage noch aufnehmen.«

»Okay.« Raik Sammler wimmerte weiterhin ins Telefon. »Werde ich jetzt gefeuert?«

»Das ist nicht meine Entscheidung, Herr Sammler.«

Susanne Mayer beendete das Telefonat. Ging dieser Mensch wirklich davon aus, nach dieser filmreifen Fehlleistung, seinen Job zu behalten? Um die Fluchtgefahr so niedrig wie möglich zu halten, hatte sie für sich behalten, dass er vorerst als Verdächtiger galt. Zuerst musste sich sein Alibi bestätigen, damit seine Story glaubhaft war. Sie gab dem Wachmann das Handy zurück.

Nach der Dunkelheit in der Tanzbar, die nur durch vereinzelte bunte Neonlichter unterbrochen worden war, schien selbst das natürliche Grau dieses tristen Oktobertages zu hell für ihre Augen zu sein. Susanne trat durch die Pforte ins Freie und atmete die kühle, frische Luft ein. Blinzelnd schaute sie auf den Eingang des Ladens *Zum Flotten Käfer* zurück. Die Befragung der Mitarbeiter hatte bisher nichts ergeben. Die Kollegen der Nachtschicht hatten das Lokal bereits verlassen und mussten doch telefonisch kontaktiert werden. Funktionstüchtige Überwachungskameras gab es nicht, die Geräte waren allesamt Attrappen, um potenzielle Unruhestifter abzuschrecken. Schlecht für Suse und im Zweifelsfall noch viel schlechter für Raik Sammler.

Der nächste Blick fiel auf ihre Schuhe. Warum war alles da drin so klebrig gewesen? Als hätte sie Klettverschlüsse an den Sohlen gehabt, die sich mit jedem Schritt erst mühselig vom Boden lösen mussten.

19. OKTOBER | 11 UHR

Hastig eilte Susanne vom nahegelegenen Parkplatz in Richtung Polizeidirektion. Der Regen war seit dem Morgen noch stärker geworden, und der Wind pfiff ihr unangenehm um die Ohren. Diese Jahreszeit war ihr einfach zuwider. Jeden Herbst das gleiche Spiel: Regen, Dunkelheit, Tristesse.

Noch während ihr die Nässe die Glieder emporkroch und sie sich gedanklich in die Sonne wünschte, nahm sie aus den Augenwinkeln ein Fahrzeug wahr. Aufgeschreckt blickte Susanne nach links und sah, wie der schwarze Kombi gerade noch kurz vor ihr zum Stehen kam. Hatte der Idiot seinen Führerschein bei einem Gewinnspiel abgesahnt? Wahrscheinlich schon, anders ließ sich sein Fahrstil nicht erklären. Wütend richtete Suse den Zeige- und Mittelfinger erst auf ihre Augen, um sie dann in Richtung der Ampel zu zeigen. Der Fahrer des PKWs fing an zu lachen und zeigte nun seinerseits ruhig darauf. Susanne drehte sich um und sah gerade noch das leuchtende

Rot, bevor es einen Moment später auf Grün schaltete. Es war ihre Schuld gewesen. In der Eile hatte sie nicht auf die Fußgängerampel geachtet. Sie nickte dem Mann am Steuer entschuldigend zu und ging in die Polizeidirektion. Laut Kennzeichen war der Wagen in Bielefeld gemeldet, ganz in der Nähe hatte sie mal für einige Zeit gewohnt.

Auf dem kurzen Stück von dem Treppenabsatz der fünften Etage, in der ihre Abteilung saß, bis zu ihrem Schreibtisch wurde sie von Ralf Rießling abgefangen und in sein Büro zitiert. Der Name ihres Chefs amüsierte sie täglich aufs Neue. Nicht, dass er so außergewöhnlich war, nur dass er aus einem der bekanntesten Weinbaugebiete Deutschlands stammte, seine Familie sogar einige Weinberge besaß und seine Nase stets glühend rot war, ergaben genügend gute Gründe zum Schmunzeln.

»Setz dich, Suse.« Ralf Rießling deutete auf den braunen Kunstlederstuhl vor seinem massiven Holzschreibtisch. »Heute Morgen wurde eine Leiche im Völkerschlachtdenkmal gefunden. Was haben wir bis jetzt?«

»Noch nicht viel, ich bin gerade erst rein und hatte von unterwegs Kriminaloberkommissar Scholz mit der Hintergrundrecherche zum Opfer beauftragt.«

Ralf Rießling griff zum Telefon und wählte die interne Durchwahlnummer von Klaus Scholz.

»Klausi, hier ist Ralf, Susanne sitzt mit im Büro. Hast du schon weitere Erkenntnisse zu der Leiche, die heute Morgen gefunden wurde?« Kurz lauschte er den Ausführungen seines Kollegen. »Okay. Etwas ist besser als nichts. Komm in mein Büro und klär uns über den aktuellen Stand auf. Wann? Na sofort, oder hast du etwas Besseres vor?«

Rießling legte auf und wählte sofort eine andere Nummer.

»Olaf. Wie sieht's aus, kannst du uns schon etwas Neues zu dem Toten im Kostüm sagen?« Olaf Winkler schien wieder einmal verstimmt zu sein, Ralf Rießling musste den Telefonhörer einige Zentimeter von seinem Ohr weghalten, während der Gerichtsmediziner sich ausließ. Nachdem der Wortschwall abgeflacht war, wählte Rießling seine folgenden Worte mit Bedacht und sprach in einem auffällig ruhigen Ton weiter. »Ich weiß, ich weiß, Qualität braucht seine Zeit, aber du schnibbelst nun schon ein paar Stunden an dem Toten herum. Hast du irgendetwas für uns oder nicht?«

Erneut hörte Susanne aufgeregtes, lautes Gesabbel am anderen Ende der Leitung.

»Na, sag das doch gleich. Du musst dich nicht immer so aufregen, Olaf. Wir sitzen doch alle im selben Boot. Nun komm bitte schleunigst in mein Büro. Susanne und ich erwarten deinen vorläufigen Bericht.« Das aufgeregte Brabbeln setzte wieder ein, diesmal lauter als zuvor. »Ja, danke, Olaf.« Mit diesen Worten legte Ralf Rießling schnell auf. »Gab es heute Morgen wieder Ärger zwischen euch? Ich hatte fast Angst, dass mir Olaf da unten in seinem Kabuff umkippt, nachdem ich deinen Namen erwähnt habe.«

»Ich kann seine Kommentare manchmal nicht ertragen, und das mache ich ihm dann auch deutlich.«

»Suse, ich kann deinen Ärger verstehen, und du musst sein Gehabe auch nicht akzeptieren. Olaf kann ein sturer Kauz sein, und aus irgendeinem unerfindlichen Grund macht er sich einen Spaß daraus, dich auf die Palme zu bringen. Aber glaube mir, die Version, die du von ihm kennst, ist nur die, die er zeigen will. Redet miteinander. Mach deinen Standpunkt klar, aber findet eine Lösung, um miteinander auszukommen. Vielleicht ist er nicht so unbelehrbar, wie es scheint. Ihr zwei gehört zu den Besten bei uns, ich erwarte einfach, dass ihr das aus der Welt schafft.«

Plötzlich hörte Susanne es an der Tür klopfen. Klaus Scholz trat ein, mit einem Laptop in der Hand und dem kauzigen Gerichtsmedizinern Olaf Winkler im Schlepptau.

»Treten Sie ein, meine Herren«, sagte Ralf Rießling gespielt förmlich. »Dann leg mal los, Klausi. Ich würde zuerst gerne Einzelheiten zum Opfer und seinen letzten 24 Stunden hören, und danach kannst du, Olaf, uns deine vorläufigen Ergebnisse präsentieren.«

»Gut, Chef. Also, ähem, guten Morgen erst mal oder, ähem, Tag, ist ja schon ein bisschen später.«

»Kannst du bitte anfangen, Klaus.« Ungeduldig rutschte Ralf Rießling auf dem Stuhl herum. Seine Kopfhaut schimmerte im Licht der grellen Lampen durch das schüttere weiß-graue Haar, einzelne Schweißtropfen waren trotz der kühlen Außentemperaturen unverkennbar.

»Ähem, ja klar.« Klaus Scholz räusperte sich verlegen. »Das Opfer heißt François Claude, 52 Jahre alt, Witwer, drei Kinder. Michael, 20 Jahre, Jacques, 17 Jahre, und Clara, zehn Jahre. Er ist, ähem ich meine, war Lehrer für Mathematik und Physik an einem Gymnasium im Süden der Stadt. In seiner Freizeit, und jetzt kommt's«, Scholz blickte aufgeregt in die Runde, traf aber nur auf emotionslose müde Gesichter, »in seiner Freizeit war er im *Vergangenheit-inmitten-von-Linden e. V.* aktiv. Die Jungs und Mädels haben die Völkerschlacht und alles, was zu dieser Zeit gehörte, nachgestellt. Herr Claude ist vor ein paar Wochen zum Vorsitzenden dieses Vereins gewählt worden. Die haben da so ein rotierendes System. Gestern Abend war Vereinssitzung, und diesmal haben sie sich nicht wie sonst immer bei jemandem zu Hause getroffen, sondern waren in diesem Restaurant, gleich um die Ecke des Monuments, essen. Ihr wisst schon, diese urige Gaststätte, die mit der Pferdestatue vor dem Eingang. Wirkt ein bisschen verstaubt, aber das Essen ist grandios dort.«

»Klausi, bitte.«

»Okay, 'tschuldigung. Also daher rührt auch die Rechnung. Ich konnte schon mit einigen Vereinsmitgliedern und der Kellnerin, die die illustre Runde gestern bewirtet hat, sprechen. Alle geben an, dass es dem Opfer noch sehr gut ging, als die Gruppe das Lokal gegen 21 Uhr verließ und er sich von seinen Vereinskollegen verabschiedete. Somit sind auch die Unterlagen in seiner Tragetasche erklärt. Offensichtlich war der Abend auch Auftakt für die Ausarbeitung eines neuen Konzepts zur Nachstellung der Völkerschlacht von 1813. Nur bezüglich des Kostüms und der Quittung von diesem Geschäft *Verkleiden und mehr*, konnte ich bisher noch keine Nachforschungen anstellen.«

»Danke, Klausi. Heute Abend müssen die Informationen zum Kostüm vorliegen. Was hast du für uns, Olaf?«

Der Gerichtsmediziner stellte sich mühsam gerade hin, er hatte bis eben an einem Aktenschrank gelehnt und konnte seine Müdigkeit nur schwer verbergen.

»Das Opfer ist vergiftet worden. Mein anfänglicher Verdacht hat sich bestätigt, ich konnte Cyanid in den der Leiche entnommenen Proben nachweisen. Ich bin mir sicher, dass das Labor auch Reste davon in der Trinkflasche finden wird. Ob er es selbst eingenommen hat oder gezwungen wurde, es zu trinken, dass müsst ihr herausfinden. Der Todeszeitpunkt hat schätzungsweise zwischen 23.30 und 0.30 Uhr gelegen. Die ausführlichen Details könnt ihr dann meinem schriftlichen Bericht entnehmen, der heute Abend auf euren Schreibtischen liegen wird.«

»Danke, Olaf. Das war's erst mal, geht wieder an die Arbeit.«

Der Gerichtsmediziner warf Susanne noch einen kurzen abfälligen Blick zu und trottete dann gemeinsam mit Klaus Scholz aus dem Büro. Als sich die Tür hinter den beiden schloss, wandte sich Ralf Rießling wieder an die Kommissarin.

»Scheiße, ich habe bei der Sache gar kein gutes Gefühl. Man weiß es nie, aber mein Bauch sagt mir, dass der Mathelehrer das Gesöff nicht freiwillig getrunken hat. Wir müssen diese Geschichte so schnell wie möglich aufklären. Ach, übrigens fängt heute ein neuer Kollege aus Bielefeld bei uns an, den werde ich an dein Team verweisen, und ihr arbeitet gemeinsam an diesem Fall. Sein Name ist Gustav König.«

Susanne hörte nur noch mit einem halben Ohr hin. Ein Kollege aus Bielefeld also. Dann hatten sie ja vermutlich vorhin auf der Straße schon den Beginn ihrer Zusammenarbeit gefeiert.

Ralf Rießling hatte Susanne Mayer und ihr Team in den Konferenzraum B gerufen. Der Gerichtsmediziner Olaf Winkler schlurfte als Letzter und lustlos, als stünde ihm ein nerviger Schulausflug bevor, in den Raum und schloss die Tür hinter sich. Nachdem alle auf den tristen blauen Stühlen Platz genommen hatten, blickten sie gespannt zu Ralf Rießling. Er stand an der Stirnseite des Zimmers und war in das Gespräch mit einem fremden Mann vertieft. Nachdem beide ihre Unterhaltung beendet hatten, nahm der Fremde auf einem der vorderen Stühle am ausladenden Konferenztisch Platz, und Ralf Rießling ergriff das Wort. Kurz und bündig fasste er den aktuellen Stand zum Mord an François Claude zusammen und übergab das Wort dann an Kriminaloberkommissar Klaus Scholz, um über weitere Entwicklungen im Fall zu sprechen. An seiner Körperhaltung und dem schweißnassen Hemd erkannte Susanne, dass sich ihr sonst so selbstbewusster Kollege immer noch nicht wohlfühlte, wenn er vor mehreren Personen sprechen sollte. Nervös flog sein Blick durch den Raum, die Anwesenheit eines gänzlich unbekannten Menschen verbesserte seine Situation nicht.

»Also, ähem. Ich bin Kriminaloberkommissar Klaus Scholz, für alle, die mich noch nicht kennen.« Der Hinweis galt dem Fremden in der Runde.

»Klausi, bitte fasse für uns die neuesten Erkenntnisse im Mordfall zusammen. Wir wollen dem Mörder doch nicht noch die Zeit geben, erneut zuzuschlagen. Eine kleine Vorstellungsrunde wird's vielleicht im Anschluss geben.«

»Ja, entschuldige, Ralf, ähem, ich meine Herr Rießling. Also, ähem, großartig neue Erkenntnisse konnten wir leider seit heute Vormittag nicht erlangen. Aber Suse und ich, wir haben den Besitzer des Ladens *Verkleiden und mehr* geprüft, dessen Quittung das Opfer in seiner Umhängetasche trug. Es handelt sich um ein Geschäft, in dem man Kostüme leihen oder auch kaufen kann. Der Besitzer heißt Manfred Ast, ist 34 Jahre alt und hat den Laden vor circa sechs Monaten übernommen, nachdem sein Vater verstorben ist. Sein Alibi ist wacklig, er war gestern Abend beziehungsweise gestern Nacht nach eigener Aussage zu Hause, allein. Das heißt, seine Geschichte kann von niemandem bestätigt werden. Jedoch tendieren wir dazu, ihm zu glauben. Er hat den Verleih des Kostüms von François Claude geprüft, dabei kam heraus, dass dieser wohl ein Kinderkostüm mit dem Namen ›Schmetterlings-prinzessin‹ in Größe 140 geliehen hat. Da François Claude eine zehnjährige Tochter hat, gehen wir davon aus, dass das Kostüm für sie war. Das Ganze werden wir selbstverständlich noch einmal prüfen. Des Weiteren haben wir uns in diesem besagten Laden umgeschaut. Der Besitzer selbst, Manfred Ast, machte einen recht verschlossenen und sagen wir mal, altbackenen Eindruck. Er war wortkarg und distanziert, gab uns jedoch bereitwillig Auskünfte zu unseren Fragen. Im Verkaufsraum und Lager des Geschäfts hingen ausnahmslos moderne Kostüme, kunterbunt und aus billigen Materialien. Uniformen, wie die des Opfers oder andere historisch exakte beziehungsweise hochwertige Kleidungsstücke, waren nicht verfügbar. Ohne richterlichen Beschluss konnten wir jedoch auch nur die offen daliegenden Waren begutachten.

Wir wollen uns nun auf eine andere Spur konzentrieren. Bei den Befragungen der Vereinsmitglieder des *Vergangenheit-inmitten-von-Linden e. V.* offenbarte sich, dass die gestrige Sitzung in ihrem urigen Stammrestaurant doch nicht so harmonisch verlief, wie erste Aussagen vermuten ließen. François Claude war ein großer Verfechter der Idee, der jährlich stattfindenden Nachstellung der Schlacht mehr ›Pfeffer‹ zu verleihen, und wollte hier und da Elemente einbauen, die nur an die historischen Ereignisse angelehnt sein würden. Er wollte Uniformen abändern und kleine Sequenzen einbauen, die wohl eher an ein Theaterstück erinnern sollten. Mit tiefgründigen Monologen und so. Naja, jedenfalls hat er mit diesen Ideen den Verein in zwei Lager gespalten. Die traditionsbewussteren Vereinsmitglieder wollten die historisch ungenaue Umsetzung mit aller Macht verhindern und haben den gestrigen Abend genutzt, um ordentlich Dampf abzulassen. Es gab wohl lautstarke Wortgefechte, umgefallene Stühle und eine Aufforderung zum Duell.«

»Wie bitte?« Ralf Rießlings Kopf nahm automatisch die kräftige Farbe des Verkaufsschlagers seiner Familie an. Ein schwerer Rotwein, perfekt zu Wildgerichten und Käse. »Da sitzen wir hier noch herum? Wissen wir, wer der andere Duellant war?«

»Ja, wissen wir. Er und ein paar weitere Vereinsmitglieder werden gerade abgeholt und zum Verhör hergebracht. Jedoch wurde uns auch erzählt, was es mit dem Duell auf sich hat und an welche Regeln man sich zu halten hat. Ein Duell im *Vergangenheit-inmitten-von-Linden e. V.* beinhaltet beispielsweise drei Rindsrouladen, 500 Gramm Kartoffeln sowie die gleiche Menge Leipziger Allerlei, 300 Milliliter Bratensoße und zwei null Komma fünf Liter Bier. Die Sorte kann man sich dann sogar aussuchen.«

»Das verstehe ich nicht. Was soll dieser Quatsch bedeuten?«

»Wer diese Menge zuerst verdrückt hat, geht als Sieger hervor, ihm gebührt die Ehre, und der Verlierer übernimmt die Kosten der Duell-Zutaten. Die Befragten haben einhellig bestätigt, dass François Claude ein guter Esser war und solche Duelle meist für sich entschied. Auch in diesem Fall, obwohl er vorher schon einen kompletten Teller mit Sülze gegessen hatte.« In Scholz' Stimme schwang so etwas wie Achtung vor dieser Leistung mit.

»Und warum ladet ihr den Herren und seine Unterstützer dann trotzdem zum Verhör vor?« Die Frage kam von Olaf Winkler. Er machte den Eindruck, als wäre er gerade erst aufgewacht, wirkte zerknittert und so blass wie seine Patienten.

»Wir wollen herausbekommen, ob der Streit nach dem Restaurantbesuch nicht doch eskaliert ist«, warf Susanne ein.

»Wahrscheinlich sind die Gespräche gut, um weitere Hinweise zu erhalten, aber ich persönlich glaube nicht, dass jemand, der sich mit Rouladen duelliert, zu solch einer subtilen Mordwaffe wie Gift greift.«

Alle Blicke waren auf den fremden Mann gerichtet, der das Wort ergriffen hatte.

»Könnten Sie uns bitte mitteilen, wer Sie sind, damit wir wissen, wer hier seine Gedanken mit uns teilt.« Susanne blickte im Wechsel zu dem unbekannten Mann und Ralf Rießling, der daraufhin das Wort ergriff.

»Klausi, warst du fertig mit deinen Ausführungen?«

»Ja.« Klaus Scholz schnappte sich seine Unterlagen

und ging beschwingt zurück an seinen Platz, sichtlich erleichtert, dass sein Redebeitrag nun erledigt war.

»Das ist der Kollege Kriminaloberkommissar Gustav König aus Bielefeld. Er wird uns, im Speziellen euer Team, ab heute tatkräftig unterstützen, und wie ihr wahrscheinlich bereits vermutet habt, wird er an diesem Fall mitarbeiten. Gustav, du kannst dich im Laufe der nächsten Tage selbst ausführlich bei den Kollegen vorstellen. Suse, du übernimmst die Einweisung für Gustav und die weitere Verteilung der Aufgaben. Ich erwarte von allen, ja, Olaf, auch von dir«, Rießlings Blick blieb am Gerichtsmediziner hängen, »kollegiales und professionelles Verhalten. Wir haben einen Mord aufzuklären.«

»Nu keene Sorge Chef, dem Knülsch werdn wir's hier schon scheen machn.«

Ralf Rießling verdrehte die Augen, ihm schwante Übles.

19. OKTOBER | 17:30 UHR

»Jetzt rücken Sie mal raus mit der Sprache. Das Rouladen-Duell hatten Sie verloren. Das und die Tatsache, dass François Claude ihre regelmäßige ›Darbietung‹ über die Völkerschlacht mit Elementen auffrischen wollte, die sich lediglich an der Historie orientierten, war einfach zu viel. Das konnten Sie so nicht im Raum stehen lassen. Sie haben einen unbeobachteten Moment ausgenutzt und Ihrem Kontrahenten Gift in die antike Wasserflasche gemischt.«

Klaus Scholz wollte dieses Mal also den bösen Polizisten spielen. Susanne hatte nichts dagegen, normalerweise übernahm sie den Part der Kratzbürste, aber es war ab und zu auch mal schön, nicht nur verstörte oder hasserfüllte, sondern auch hoffnungsvolle Blicke der Verdächtigen zu ernten. Nun war es an ihr, etwas Verständnis zu streuen.

»Ich meine, wir kennen das doch alle. Es gibt da diese eine Person im Leben, die sich darauf versteht, einen zur Weißglut zu bringen, mit Worten oder auch

41

Taten. Innerhalb kürzester Zeit fährt man hoch und kann die Wut trotz bester Vorsätze nicht mehr zügeln. Glauben Sie mir: Wir alle kennen das. Und wenn Sie nun ehrlich zu uns sind, verspreche ich Ihnen, wird sich Ihre Kooperationsbereitschaft positiv auf das Strafmaß auswirken.«

»Wovon sprechen Sie, verdammt nochmal?«

»Okay, ich versuche, deutlicher zu werden. Sie sind derzeit unser Hauptverdächtiger. Ein Mann, der François Claude gut kannte, sich mit ihm im Streit befand, die Gelegenheit zur Tat hatte und kein Alibi für den entsprechenden Zeitraum aufweisen kann.«

Susanne machte eine kunstvolle Pause, ordnete übertrieben langsam ihren Stapel Unterlagen auf dem Tisch und blickte Bernhard Keller, seinerseits Schatzmeister des *Vergangenheit-inmitten-von-Linden e. V.*, durchdringend an.

Klaus Scholz übernahm wieder.

»Nehmen wir einfach einmal an, dass es sich wie folgt abgespielt hat: Der Streit innerhalb des Vereins über die geplanten Änderungen brodelte bereits eine Weile. So viel wissen wir. Nun sagen wir einfach, François Claude war etwas stur und ließ partout nicht mit sich darüber reden, er hatte eine kleine Mehrheit der Vereinsmitglieder auf seiner Seite, und als Vereinsvorsitzender würde er die Ideen sowieso umsetzen können. Dass Ihnen die Zukunft des Vereins und Ihre Arbeit dort am Herzen liegen, verstehen wir vollkom-

men, immerhin sind Sie dort schon sehr lange aktiv.«
Klaus Scholz blätterte in seinen Notizen. Gespielt
beeindruckt sprach er weiter. »Na, aber hallo, schon
20 Jahre lang haben Sie für den Verein Verantwortung
in verschiedenen Ämtern übernommen. Also mussten Sie die zukünftige Ausrichtung des *Vergangenheit-inmitten-von-Linden e. V.* in Ihre Hände nehmen. Die historisch inkorrekten Ideen von François
Claude konnten Sie so nicht hinnehmen. Das wäre
fahrlässig gewesen. Sie fassten also den Plan, Ihren
Widersacher bei nächster Gelegenheit aus dem Weg
zu schaffen, und besorgten sich das Cyanid. Darauf
müssen wir übrigens als Nächstes eingehen, es interessiert mich brennend, wo Sie das Zeug herhatten. Aber
zuerst weiter im Text. Also, Sie hatten ein Motiv, haben
sich die Mordwaffe besorgt und auf einen passenden
Moment gewartet. Der kam bekanntermaßen gestern.
Nach dem erneuten Streit und der Rouladen-Schmach
haben Sie entschieden, François Claudes Leben ein
Ende zu setzen, und ihn vergiftet.«

Panisch schaute Bernhard Keller in Susanne Mayers
Richtung.

»Nein, das war ich nicht. Das können Sie doch nicht
ernst meinen. Ist Ihr Kollege vielleicht verrückt? Ja,
François und ich waren uns in der Vereinssache nicht
einig, aber deswegen bringe ich ihn doch nicht um.
Murksen Sie alle ab, mit denen Sie sich mal nicht einig
sind? Wenn ja, haben Sie definitiv den Beruf verfehlt.

Nein, diese Scheiße habe ich nicht getan, ich war zu Hause, das habe ich Ihnen schon gesagt.«

»Aber Ihr Alibi kann von niemandem bestätigt werden.«

»Nein, verdammt nochmal, ich war allein. Was kann ich denn dafür, dass meine Ehefrau vor drei Monaten mit dem Schwimmlehrer unserer Kinder durchgebrannt ist?«

»Das tut jetzt nichts zur Sache. Bitte konzentrieren Sie sich. Sie sind unser Hauptverdächtiger. Bisher geben Sie uns keinen Grund, daran nicht weiter festzuhalten.«

»Aber warum? Wegen dieses albernen Streits? François und ich waren Freunde. Unsere Kinder haben seit Jahren im gleichen Sportverein trainiert, und als seine Frau noch lebte und meine noch keinen zweiten Lebensfrühling mit ihrem Neuen in Portugal angefangen hatte, haben wir oft etwas zu viert unternommen. Sogar außerhalb des Vereins. Unsere Frauen waren daran nicht so sehr interessiert wie wir. Und was seine tollen neuen Ideen angeht: Der Streit gestern war eher Show für die anderen Vereinsmitglieder. Wir hatten uns im Hintergrund schon längst geeinigt, wollten das aber noch für uns behalten, solange wir den Mitgliedern kein ausgereiftes Konzept präsentieren konnten. Wissen Sie, so etwas gibt immer Stunk. Einige unserer Vereinsfreunde sind mit vollem Einsatz bei der Sache.«

44

Susanne versuchte, unauffällig zu Klaus zu schauen, der konnte nur mühsam ein Schmunzeln unterdrücken. Um nicht selbst grinsen zu müssen, befragte sie Bernhard Keller weiter.

»Kann das jemand bestätigen?«

»Bestätigen, bestätigen, bei Ihnen muss man alles bestätigen. Wie auf einem Amt. Hätte ich gewusst, dass ich Zeugen brauche, hätte ich damals ein paar Nachbarn eingeladen. Aber ja, mein Sohn kann es für Sie bestätigen, der ist jetzt auch im Verein.«

»Familienmitglieder sind leider nicht die besten Alibis.«

»Er ist aber der Einzige, der eingeweiht war, und auch nur, weil er zu Hause war, als François und ich wieder einmal darüber stritten. Er bekam mit, wie wir beim Käsekuchen-Gerangel eine Lösung gefunden haben.«

Käsekuchen-Gerangel? Susanne versuchte, sich zwei Erwachsene vorzustellen, die Kuchenstück um Kuchenstück verschlangen, beglückt von ihrer Idee, dadurch einen Streit zu schlichten, und am Ende tatsächlich eine Lösung fanden. Sie musste kurz den Kopf schütteln, um die absurde Szenerie wieder loszuwerden.

»Auf welche Variante konnten Sie sich denn einigen und damit offensichtlich Ihre Unstimmigkeiten beenden?«

»Wie gesagt, François und ich waren enge Freunde.

Wir haben uns ordentlich fetzen können, aber unsere Differenzen ebenso schnell beigelegt. Was denken Sie, wer das mit den Futter-Duellen erfunden hat? Wir wollten unsere Auseinandersetzungen immer auf diese amüsante Art und Weise beenden und lieber unsere Mägen sprechen lassen.«

»Herr Keller, Sie driften schon wieder ab.« Susannes Magen knurrte, sie hatten so viel vom Essen gesprochen, dass Kartoffeln in jeglicher Verarbeitungsform vor ihrem inneren Auge tanzten, aber sie musste sich zusammenreißen. Bis zum nächsten Snack würde noch viel Zeit vergehen.

»Na, wie ich schon sagte, wir hatten uns geeinigt. Die zukünftige Variante unserer Auftritte sollte so aussehen, dass wir den ursprünglichen Ablauf beibehalten und François' Ideen in einem Bonusprogramm für alle Interessierten, oder sagen wir mal Aufgeschlossenen, aufgeführt werden sollten. Der ganze Kladderadatsch mit Theater, avantgardistischen Kostümen und so. Unter uns gesagt, ich fragte mich, wer das sehen wollte, aber so fanden wir eine Lösung, die die Gemüter beider Gruppen im Verein besänftigen sollte.«

»Apropos Kostüm. Als wir François Claude fanden, trug er eine Uniform.«

»Ja, an dem Abend trug er seine Uniform eines französischen Soldaten. Wir haben alle eine. Also, ich trage die eines österreichischen Soldaten, manche gehören den Preußen an und so weiter und so fort.«

»Das müssen ja ganz schön viele Kostüme sein. Nähen Sie die selbst?«

»Das ist eine wirklich interessante Sache mit den Kostümen, wissen Sie, man muss das alles im historischen Kontext betrachten …«

»Herr Keller, Sie schweifen schon wieder ab. Bitte beantworten Sie einfach meine Frage.«

»Einen Großteil der Kostüme nähen wir selbst. Die Elfride, das ist die Frau vom Herbert, Herbert Gropius, die kann hervorragend nähen, und flott ist die, das glauben Sie kaum. Die preußischen Uniformen hat die am besten drauf, aber ich glaube, da war der Herbert auch besonders detailverliebt, weil er ja selbst so ein Kostüm trägt, und da hat er seiner Elfride ganz genau zugeschaut. Ja, die Elfride ist schon eine Gute und, wie gesagt, nähen kann die, das glaubt man kaum, also …«

»Herr Keller, das reicht, danke. Sie sagen also, dass Elfride Gropius die Kostüme des Vereins näht. Zumindest zum größten Teil. Und der Rest?«

»Oh ja, also an der Stelle wird es noch einmal so richtig spannend …«

»Herr Keller, spannend geht aber auch in Kurzform.«

Susannes Magen knurrte mittlerweile wütend vor sich hin.

Bernhard Keller machte ein beleidigtes Gesicht und erzählte weiter.

»Einige unserer Uniformen sind tatsächlich Originale. François hat sie uns immer vor besonders wichtigen Auftritten besorgt. Die, die er gestern anhatte, war auch so eine. Hoffentlich ist sie noch intakt. So etwas ist unersetzbar.«

Susanne ignorierte das echauffierte Getue des Mannes.

»Wo hatte er diese Uniformen her?«

»Das kann ich nicht genau sagen. Er kannte wohl jemanden, der alte Originalkleidung und andere historische Stücke sammelte. Einen Namen hat er uns nie genannt. Er wollte diesen ›Trumpf‹ für sich behalten.« Keller machte eine abfällige Bewegung mit der linken Hand. »Da war er tatsächlich etwas eigen. Aber einmal ist ihm herausgerutscht, dass der Sammler wohl der Vater eines Kindes ist, das er früher einmal unterrichtet hat. François war Lehrer, müssen Sie wissen.«

»Wissen wir. Danke für Ihre Zeit, wir melden uns bei Bedarf wieder bei Ihnen.«

Bernhard Keller machte aufgrund des erzwungenen abrupten Endes seiner Erzählung ein betretenes Gesicht.

Als sie schon aufstehen wollten, fiel Klaus Scholz noch etwas ein.

»Kennen Sie den Laden *Verkleiden und mehr*? Herr Claude hatte eine Quittung von diesem Geschäft einstecken.«

Bernhard Keller überlegte kurz.

»Ich glaube, so heißt der Laden, in dem François immer die Kostüme für seine Tochter Clara ausgeliehen hat. Wissen Sie, verkleiden ist das Größte für Clara. Sie ist im Karnevalsverein und trägt auch so kaum etwas anderes als Kostüme. Das Interesse dafür hat sie sich wohl vom Papa abgeschaut.« Keller schmunzelte kurz. »In letzter Zeit musste François ständig neue Feen- oder Prinzessinnenkostüme ausleihen, die Wochen davor wollte sie als Roboter oder Eisbär verkleidet sein. Das änderte sich andauernd. Gelangweilt hat er sich auf jeden Fall nicht.«

»Danke, Herr Keller.«

Susanne klappte ihr Notizbuch zu und gab dem uniformierten Kollegen ein Zeichen, Herrn Keller hinauszubegleiten. Sowohl sie als auch Klaus hatten nicht das Gefühl, dass Keller hinter dem Mord steckt. Das sagte ihnen ihr jahrelang geschulter Instinkt und die Tatsache, dass es wohl keinen Streit zwischen den beiden über die Zukunft des Vereins gegeben hatte. Ohne diesen hatten sie nichts gegen ihn in der Hand.

Die Tür zum Verhörraum öffnete sich, und der neue Kollege Gustav König trat ein.

»Also alles wieder auf Anfang? Mein Gefühl sagt mir, dass der es nicht war.«

»Das war auch das letzte Vereinsmitglied, das wir zum Verhör geladen hatten. Die vorangegangenen Gespräche waren nicht viel aussagekräftiger, mit dem

Unterschied, dass die anderen Mitglieder noch an einen tiefen Graben zwischen den beiden glaubten.«

»Gustav, was schlagen Sie als nächsten Schritt vor?«

Der neue Kollege sollte so schnell wie möglich das Gefühl bekommen, zum Team zu gehören.

»Ich würde mich gerne noch einmal bei dem Kostümverleih umschauen und mich mit dem Besitzer unterhalten.«

»Die Idee kam mir auch«, sagte Klaus Scholz, »vielleicht kennt er sich in der Szene aus und kann uns sagen, wer eventuell Uniformen aus dieser Zeit sammelt.«

Susanne nickte, es konnte nicht schaden, auch diese Information zu prüfen, so profan sie auch erscheinen mochte.

»Gut, dann macht ihr beide das morgen Vormittag als Erstes. Ich kümmere mich um die Berichte für den Chef.«

SUSANNE MAYER

Als Susanne an diesem Abend nach Hause kam, ließ sie sich in der Stille ihres Wohnzimmers nieder. Resigniert blickte sie sich im kahlen Zimmer um. Bereits vor drei Monaten war sie eingezogen, aber noch immer waren die vollen Kartons nicht ausgeräumt, sie verharrten stur dort, wo die Angestellten der Umzugsfirma sie vor Wochen abgestellt hatten. Möbel gab es bisher kaum, Susanne fand einfach keine Zeit, sich schöne Stücke zu kaufen, beziehungsweise, wenn sie ehrlich mit sich war, hatte sie einfach keine Lust darauf, sich häuslich einzurichten. Diese Stadt, ihre neue alte Heimat, fühlte sich derzeit nicht wie ein Zuhause an.

Als Ralf Rießling sie vor circa einem halben Jahr angerufen hatte, um ihr diese Stelle anzubieten, musste sie nicht lange darüber nachdenken. Sie befand sich ohnehin gerade in einer Phase ihres Lebens, in der eine Veränderung hermusste. Außerdem war Leipzig ihre Heimatstadt, sie war hier aufgewachsen, hatte ihr Studium in der Universitätsstadt absolviert. Viele

Erinnerungen, sowohl positive als auch negative, hingen an diesem Ort. Auch ihren neuen Chef Ralf Rießling kannte sie von damals. Es hätte alles so einfach sein sollen. Doch irgendwie fand sie keinen Zugang zum Team, zu ihrer neuen Aufgabe als Kriminalhauptkommissarin, zu dieser Stadt, und ihr werter Kollege Olaf Winkler versuchte, ihr aus irgendeinem Grund das Leben schwer zu machen. 15 Jahre lang hatte sie in verschiedenen Polizeirevieren des Landes gearbeitet und fühlte sich nun zum ersten Mal wie ein Fremdkörper.

Die Kollegen tuschelten hinter ihrem Rücken. Niemand konnte sich erklären, wie ein »Grünschnabel« wie Susanne zu diesem Posten gekommen war. Letztens hatte Ralf sie darüber in Kenntnis gesetzt, dass ein Gerücht umging, sie beide hätten eine Affäre. Geschichten wie diese verhelfen selten zu mehr Akzeptanz innerhalb des Teams. Dabei war sie doch schlichtweg durch harte Arbeit und eine überdurchschnittliche Aufklärungsrate so schnell die Karriereleiter hochgeklettert. Was für eine eigenartige Vorstellung – Ralf und sie. Susanne seufzte und fuhr sich mit der Hand durch ihr braunes lockiges Haar. Sie war erschöpft von diesem langen Tag, der eine perfekte Blaupause für das Hamsterrad gab, in dem sie sich befand. Vollkommen kraftlos ließ sie den Kopf in den Nacken sinken.

Das allwöchentliche Box-Training würde in 30 Minuten beginnen, langsam musste sie sich auf den

Weg machen. Danach würden sich ihre Energiespeicher schon wieder aufgefüllt haben und sie auf andere Gedanken bringen.

GEDANKEN TÄTER

Verdammt, was war das für ein Geräusch? Um diese Zeit sollte niemand außer uns hier sein. Er hat gesagt, die Halle sei immer leer. Da, schon wieder. Es klingt wie kleine Räder auf dem betonierten Boden. Und sind das etwa …? Scheiße, das sind Stimmen! Nein, nein, nein! Warum gerade jetzt? Wir sind doch noch nicht fertig.

Okay, ganz ruhig, jetzt verlier nicht den Verstand. Es ist nicht perfekt, aber es ist fast so, wie du es dir ausgemalt hattest. Zumindest konntest du einiges klarstellen. Klar, diesmal fiel es dir nicht so leicht, aber wer einen Fehler macht, muss bestraft werden.

Die Stimmen kommen näher. Ob ich mich auch um sie kümmern sollte? Nein, so war das nicht geplant. Ich muss mich unbedingt an den Plan halten. Wenn ich die Industriehalle über das östliche Treppenhaus verlasse, kann ich mich unbemerkt zurückziehen.

Für Respekt zu sorgen, ist anstrengender als gedacht. Habe ich alles wieder eingepackt? Verdammt, ich hasse

Hektik. So war das alles nicht geplant, aber ich habe keine Zeit mehr, die Stimmen kommen näher.

20. OKTOBER | 2 UHR

Der Sand zwischen ihren Zehen und die wohltuende Wärme der Sonnenstrahlen auf ihrer Haut rückten weiter in die Ferne, dafür wurde das infernalische Geräusch, welches als kaum wahrnehmbares Summen begonnen hatte, immer lauter. Susanne schlug die Augen auf. Statt auf sanfte türkisfarbene Wogen in der Südsee blickte sie nun in das Dunkel ihres spärlich eingerichteten Schlafzimmers. Das Mobiltelefon auf ihrem Nachttisch lärmte währenddessen weiter. Der Name auf dem Display verriet die Dringlichkeit des Anrufs, Ralf Rießling würde sie kaum grundlos um 2 Uhr nachts aus dem Schlaf reißen. Noch immer trunken vor Müdigkeit meldete sie sich.

»Hallo?«

»Suse, na endlich. Wieso hat das so lange gedauert? Ich versuche schon eine halbe Ewigkeit, dich zu erreichen.«

»Ich habe geschlafen.«

»Diesen Luxus können wir uns heute Nacht nicht

erlauben. Es gibt eine weitere Leiche. Ähnliche Vorgehensweise.«

Schlagartig war die Schläfrigkeit verflogen. Susanne sprang aus dem Bett und klaubte noch während des Telefonats ihre Kleidung zusammen.

»Wo muss ich hinkommen?«

»Das Opfer wurde in einer alten Fabrikhalle von ein paar Jugendlichen gefunden.«

Als Ralf Rießling ihr die genaue Ortsangabe durchsagte, saß sie bereits in ihrem Auto und startete den Motor. Diese Gegend kannte sie sogar sehr gut, ein altes Industriegebiet, dessen Hallen für kulturelle Veranstaltungen genutzt wurden. Erst letztens hatte sie einem ergreifenden Klavierkonzert in diesen alten Mauern gelauscht.

Beim Ausparken touchierte das Auto eine umgeworfene Mülltonne. Da hatte sich wohl in der Nacht jemand einen Spaß erlaubt.

»So eine Scheiße.«

Aber dieses Problem musste warten. Mit überhöhter Geschwindigkeit machte Susanne sich auf den Weg zum aktuellen Tatort.

Wie ein erdrückender Schleier legte sich der Regen erneut über die Nacht. Halb rennend, halb balancierend versuchte Susanne, nicht auf dem nassen Kopfsteinpflaster und den alten Gleisen inmitten des ausgedienten Industriegebiets auszurutschen. Der Weg vom Parkplatz bis zur Halle, in der der leblose Körper gefunden worden war, war nicht weit, aber bei diesem Wetter sträubte sich jede Faser ihres Körpers vor dem nächsten Schritt im Freien. Gleichzeitig spürte Susanne in dieser Umgebung ein wohliges Gefühl, als wäre sie angekommen, fast wie zu Hause zu sein. Kein Wunder, während ihres Studiums wohnte sie nur ein paar Minuten von diesem Industriekomplex entfernt. Das eine oder andere Mal lauschte sie damals Bandproben oder Konzerten ihrer Freunde, die in einem der zahlreichen Keller der Hallen stattfanden. Heutzutage zogen sie eher Klavierkonzerte und Theaterstücke zurück in diese Mauern. Wie sich die Zeiten änderten.

Noch während Susanne ihren Gedanken nachhing, erreichte sie die Eingangstür und hastete die schier endlosen Stufen des weitläufigen Treppenhauses hinauf. Das Opfer lag im zweiten Stock. Neben zahlreichen Aufklebern, Graffitis und Liebesbekundungen fielen ihr auch dilettantisch wirkende Plakate auf, die allesamt das gleiche Theaterstück ankündigten. Es mussten Dutzende gewesen sein, die an das alte Mauerwerk gekleistert worden waren. Für Susannes Geschmack etwas zu grell, aber das war zum Glück nicht ihr Problem.

Als sie den Treppenabsatz der zweiten Etage erreichte und die ersten Kriminaltechniker sah, schob sie die nebensächlichen Gedanken schnell beiseite.

»Wir haben hier ja ein ganz schön volles Haus heute Nacht.«

Ralf Rießling drehte sich zu ihr um.

»Die Brisanz dieses Falls fordert den Einsatz aller Kollegen. Suse, wir haben innerhalb von weniger als 24 Stunden die zweite Leiche.« Ralf Rießling klang nervös. »Wenn das an die Öffentlichkeit gelangt, erzeugen wir eine ausgereifte Panik.«

»Irgendwann müssen wir die Presse informieren, am besten, bevor sie es von alleine spitzkriegt.«

»Das ist mir klar, aber ich möchte uns noch etwas Zeit für ungestörte Ermittlungen herausholen. Es ist doch sowieso nur eine Frage der Zeit, bis die Schmierfinken Wind davon bekommen, die haben ihre Quellen auch in unseren Reihen.«

»Sie machen auch nur ihren Job«, versuchte Susanne einzulenken.

»Ja genau, und erschweren unseren damit.«

Klaus Scholz kam auf die beiden zu und begrüßte die Kriminalhauptkommissarin.

»Gudn Morgn, Suse.«

»Hallo, Klaus. Hast du schon Infos zum Opfer für uns?«

»Ja. Es handelt sich bei dem Verstorbenen um einen Mann namens Gregor Latschek. Er ist 25 Jahre jung. In den Hosentaschen seines na ja … Aufzugs haben wir sein Portemonnaie und einen Notizzettel mit Textfragmenten gefunden. Wie du siehst, war der Eingangsbereich mit Postern beklebt, die eine Theateraufführung einer Laientruppe über das Leben von Arbeitern in der Zeit der Industrialisierung ankündigen. Auf den Postern ist unser Opfer einwandfrei zu erkennen. Meine bisherige Recherche hat ergeben, dass gestern Abend die Generalprobe zur heutigen Aufführung stattgefunden hat. Ich konnte bereits mit einem Schauspielkollegen von Herrn Latschek sprechen, der wird später noch zur Befragung abgeholt. Er hat bestätigt, dass Gregor Latschek an der gestrigen Probe teilgenommen hat. Wie immer an solchen Abenden ist er länger an der Aufführungsstätte geblieben, um den Ort, wie sein Kollege sagte, noch einmal in Ruhe ›zu fühlen‹, bevor es ernst wurde. Offenbar war das Opfer vor dem ›Fühlen‹ noch quietschlebendig. Er wirkte aufgedreht, was aber wohl auch bekanntermaßen seine Art war, die Aufregung zu kompensieren. Außerdem konnte er uns sagen, dass Gregor Latschek im zivilen Leben Bäckereifachverkäufer in einem traditionellen Familienbetrieb im Norden der Stadt war. Der Laden heißt sogar *Bäckerei Latschek*, die hatte wohl sein Großvater gegründet.«

»Und warum hast du von seinem ›Aufzug‹ gesprochen.«

»Naja, er trägt halt wieder so ein Kostüm. Bestimmt für die Theateraufführung, aber so richtig oll. Dreckig und zerfetzt. Voll eklig. Der Stoff wirkt für mich tatsächlich, als käme er aus der Zeit, in dem das Stück spielt.«

Gemeinsam näherten sie sich dem Leichnam auf Sichtweite. Susanne betrachtete den leblosen Körper aus einigen Metern Entfernung. Er lehnte an einer der Säulen, sein tiefrotes Haar fiel ihm in die Stirn. Die Frisur war offensichtlich mit viel Haarspray und was auch immer noch dazu nötig war, auf »ungekämmt« getrimmt worden. Die Kleidung jedoch, da hatte Klaus Scholz den Nagel auf den Kopf getroffen, sah wirklich so aus, als hätte man sie ihrer Zeit entrissen. Löchrig und verschmutzt schlackerten das grobe Leinenhemd und die Weste traurig am Körper des Toten. Eindeutig viel zu groß für seinen Träger. Die Schuhe erregten die Aufmerksamkeit der Kommissarin jedoch noch mehr. Stepptanzschuhe. Die wollten so gar nicht zum Rest der Inszenierung passen, sie wirkten noch nagelneu. Seine Haut schimmerte leicht rosa, obwohl sich Susanne nicht sicher war, ob das vielleicht doch an der ambitionierten Beleuchtung des Raumes lag.

»Und dann noch diese Spindel. Sie ist blutverschmiert. Könnte sich um das Blut des Toten handeln. Schau dir mal seine Fingerkuppen an, die sind komplett aufgerissen und blutig. Andererseits habe ich seinen Schauspielkollegen bereits auf die Kostümierung angesprochen, und er meinte, dass die Spindel kein Teil des Equipments sei. Wir lassen sie im Labor untersuchen, vielleicht finden wir etwas Brauchbares daran.«

Susanne richtete ihren Blick auf den Gerichtsmediziner, der nur wenige Schritte von der Leiche entfernt stand und die Fortschritte der Kriminaltechniker verfolgte. Sie wollte an ihm vorbei zum Toten gehen, um diesen aus unmittelbarer Nähe zu betrachten, als sie plötzlich eine Hand an ihrem Arm spürte, die sie energisch zurückhielt.

»Bist du neu? Wie wäre es, wenn du unseren Tatort nicht verunreinigst, die Kriminaltechnik ist noch nicht durch!«

Die Hand gehörte zu Olaf Winkler. Das war knapp. Susanne musste sich eingestehen, dass ihre Art und Weise, den Tatort zu betreten, nur haarscharf am Dilettantismus vorbeischrammte. Vielleicht konnte man es auf die Müdigkeit schieben, aber so etwas durfte nicht passieren. Nur schade, dass sie gerade ihrem »Lieblingskollegen« Futter für eine Beschwerde geliefert hatte. Susanne hob beschwichtigend die Hände und erkundigte sich, wie lange es noch dauern würde.

»Ach, erst als Letzte eintrudeln, fast die Spuren zerstören und dann drängeln? Das sind mir die Richtigen.«

Stoisch wartete sie seine Antwort ab.

»Noch ungefähr fünf Minuten.«

Die Ermittlerin dachte sich ihren Teil, die Kriminaltechnik war offensichtlich fast fertig, und Olaf wollte einfach mal wieder Olaf sein.

»Olaf, hast du schon etwas, das du uns über Gregor Latschek sagen könntest?«

»Na isch würde ma saachen, der is mucksmäuschendot.«

»Ernsthaft? Könntest du bitte etwas respektvoller über den Toten sprechen? Und warum redest du heute so komisch?«

Ralf Rießling schaltete sich ein. Ihm war anzumerken, dass es in dieser Nacht keinen Platz für die makabren Witze seines Kollegen gab.

»Schon gut, schon gut. Ich hab's verstanden, es ist wohl etwas früh für ›Spaß bei der Arbeit‹?«

»Wir klären Morde auf, das ist selten lustig«, äußerte sich Gustav König, der sich bisher im Hintergrund gehalten hatte, »und ich denke, Herr Winkler möchte mich testen. Zugegebenermaßen verstehe ich noch wenig, wenn Sie auf Sächsisch loslegen, aber das wird sich im Lauf der nächsten Wochen schon geben.« Gustav König sah Olaf Winkler verschmitzt an.

Der Gerichtsmediziner konnte sich ein Grinsen nicht verkneifen.

Übermüdet und gereizt versuchte Susanne Mayer erneut, an weitere Informationen zu gelangen.

»Olaf, hast du schon etwas zur Todesursache?«

Die Miene des Gerichtsmediziners wurde sofort wieder ernst.

»Möchte die Frau Kommissarin, dass ich eine Ferndiagnose erstelle? Noch konnte ich keinen genaueren Blick auf unser Opfer werfen.«

In dem Moment bekamen sie die Information, dass die Gerichtsmedizin nun ihre Arbeit beginnen konnte.

»Na dann, Olaf, nun hast du die Gelegenheit.«

Langsam ging Olaf Winkler auf den Leichnam zu, betrachtete ihn so ausführlich, es außerhalb seines eigentlichen Arbeitsbereiches ging, und machte sich Notizen. Erwartungsvoll beobachteten ihn seine Kollegen. Als er sich wieder aufrichtete und sich kurz von dem leblosen Körper entfernte, platzte es aus Susanne heraus:

»Olaf, hast du schon etwas für uns?«

Zu ihrer eigenen Überraschung reagierte der Gerichtsmediziner für seine Verhältnisse ziemlich umgänglich.

»Wie immer äußere ich mich lediglich vorläufig. Die genauen Erkenntnisse bringt erst die Obduktion: Das Opfer hat keine Zeichen von äußerer Gewalteinwirkung, aber wie ihr vielleicht mitbekommen habt, riecht es ziemlich verräterisch.«

»Cyanidvergiftung?«

»War mein Gedanke. Zumal ein Plastikbecher gefunden wurde, der nicht ganz in dieses historische Schaubild passen will. Der verbliebene Inhalt riecht nach Sekt oder Ähnlichen. Um mich mal ganz weit aus dem Fenster zu lehnen, würde ich behaupten, das Opfer hat nicht alleine mit Blubberwasser gefeiert. Als Gregor Latschek schon kurz vor dem Exitus stand, wurde er noch nebst blutiger Spule drapiert, zumindest, wenn wir davon ausgehen, dass die Spule nicht zum Kostüm gehört. Wenn wir weiterhin vermuten, dass es einen Täter gibt, dann konnte dieser seine Inszenierung nicht mehr abschließen, weil er gestört wurde, und hat deswegen sogar den Becher vergessen. Ralf, wann fanden ihn die Jugendlichen?«

»Gegen 24 Uhr.«

»Das würde, nach vorläufigem Kenntnisstand, auch mit dem Todeszeitpunkt übereinstimmen. Aber wie gesagt, das sind lediglich Vermutungen. Den Tathergang zu ermitteln, das ist wohl eher euer Job.«

»Danke, Olaf. Lasst auch den Plastikbecher nach Fingerabdrücken untersuchen und sag dem Labor, dass es eilt.«

»Das eilt doch immer. Das war bestimmt so ein mörderisches Weibsbild. Seht zu, dass ihr die findet.«

»Mal davon abgesehen, dass du dich verbal mal wieder selbst übertroffen hast, werden wir in alle Richtungen ermitteln. Wer sagt, dass nur Frauen Gefallen daran finden, heimtückisch durch kleine Zugaben in die Getränke ihre Opfer zu töten?«

Olaf nahm gerade genüsslich einen kräftigen Schluck aus seiner Thermoskanne, der ihm sofort im Hals stecken blieb. Er schaffte es noch, den heißen Kräutertee hinterzuschlucken, bevor der Hustenanfall einsetzte.

»Na herzlischn Dank och.« Olaf hustete weiter, wollte es sich aber nicht nehmen lassen, seine Aussagen zu unterstreichen. »Die Statistik bestätigt meine Theorie einer Täterin übrigens.«

20. OKTOBER | 6 UHR

»Herr Jens Marquardt?« Klaus Scholz stürzte auf den verloren wirkenden Mann am Empfang der Dienststelle zu und reichte ihm seine verschwitzte Hand.

»Danke, dass Sie sich die Zeit nehmen, uns ein paar Fragen zu beantworten.«

»Ich hatte nicht das Gefühl, eine Wahl zu haben.«

Klaus Scholz ignorierte diese Bemerkung und musterte den kleinen, zerbrechlich wirkenden Mann. Der bemerkte es und blickte verunsichert zur Seite.

»Kann ich Ihnen einen starken Kaffee anbieten?«

»Ja, bitte. Ich habe nur ein paar Stunden diese Nacht geschlafen, und was mit unserem armen Gregor passiert ist, will mir nicht in den Kopf. Wer macht denn so etwas?«

Jens Marquardt schaute den Kriminaloberkommissar flehend an, als müsste dieser eine Patentantwort darauf haben.

»Oder gehen Sie etwa davon aus, dass er es selbst

war? Ich weiß nicht, unser Gregor hat immer so einen gelösten Eindruck gemacht.«

Der Mann begann, leise vor sich hin zu wimmern.

»Beruhigen Sie sich bitte, Herr Marquardt. Bisher sind wir noch dabei, Fakten zusammenzutragen und aufgrund dessen ein Motiv herauszuarbeiten beziehungsweise den Tathergang zu rekonstruieren. Und genau deswegen sind Sie auch hier. Wir vermuten, dass Sie eine der letzten Personen waren, die Herrn Latschek lebend gesehen hat. Ihre Aussage wird uns wertvolle Informationen zu den bisher vorhandenen Puzzleteilen liefern. Aber zu allererst besorge ich uns mal einen richtig starken Kaffee. Den brauchen wir beide.«

Ein Polizist in Uniform trat zu ihnen und bedeutete Jens Marquardt lächelnd, ihm in den Gang zu ihrer Linken zu folgen.

Susanne Mayer fing ihren Kollegen Klaus Scholz in der kleinen Teeküche nahe den Befragungsräumen ab.

»Ist der Schauspielkollege unseres Opfers bereits zur Befragung erschienen?«

»Ja, der Mann ist gerade gekommen. Ich bereite uns erst einmal ein heißes Getränk zu, um überhaupt etwas aus ihm herauszubekommen, der ist mit seinen Nerven am Ende. Falls er unser Täter ist, kann er seine Schuld gut verstecken.« »Du weißt, wie das läuft, viele wirken nicht, als könnten sie jemandem ein Haar krümmen, und dennoch haben sie getötet. Vielleicht hat Olaf auch recht, und wir sollten unsere Suche in eine andere Richtung orientieren. Aber für diese Befragung gilt: Da wir momentan kaum Informationen haben, können wir Herrn Marquardt nicht ausschließen. Sprich mit ihm bitte noch einmal über die Spindel und den Plastikbecher, den wir neben dem Opfer gefunden haben. Ich möchte gerne sehen, wie er reagiert.«

»Mach ich. Möchtest du, dass ich in unserem Gespräch auf verschiedene mögliche Todesursachen eingehe?«

»Nein, vorerst nicht. Wir gehen zum derzeitigen Kenntnisstand von Mord aus, und wenn Olaf nach der Obduktion eine Vergiftung bestätigt, wird eine Verbindung zu unserem gestrigen Opfer François Claude immer wahrscheinlicher.«

Beide gingen zum Vernehmungsraum, in dem Jens Marquardt auf seine Befragung wartete, und hielten vor der Tür inne.

»Klaus, eine Sache noch. Man sagte mir, die Jugendlichen, die die Leiche gefunden haben, sind schon wieder nach Hause geschickt worden. Hat deren Befragung etwas Neues ergeben?«

»Nichts Neues, und wenn du mich fragst, haben sie nichts damit zu tun. Einer von ihnen musste sich noch während unseres Gesprächs permanent übergeben, sobald er an ihren Fund dachte. Der hat kaum ein Wort herausbekommen. Echt widerlich. Der andere hat gezittert wie verwelkte Blätter im Wind, hat aber zumindest seinen Mund aufbekommen. Durch ihn konnten wir ihre Stunden, bevor sie Gregor Latscheks lebosen Körper fanden, rekonstruieren. Die zwei waren wie fast jeden Abend mit ihren Skateboards auf dem Gelände unterwegs. Offenbar drehen sie Videos von ihren Kunststückchen, der sagte was von Flips und Ollies, was auch immer das bedeuten soll. Die Aufnahmen laden sie dann regelmäßig im Internet hoch. Haben anscheinend schon eine kleine Crowd, also eine Fangemeinde. Na, auf jeden Fall wollten sie heute Nacht zum ersten Mal in eben diese Halle, sie hatten von dem Theaterstück gehört und dachten, die Bühnendekoration könnten sie gut in ihren Clip einbauen. Als die beiden dort ankamen, wunderten sie sich zwar über die Beleuchtung, gingen dennoch davon aus, alleine zu sein. Die Leiche haben die Jungs zu Beginn gar nicht bemerkt, erst nachdem die ersten Minuten auf Video aufgezeichnet waren und sie sich das Resultat anschauten, fiel einem der Jungs der leblose Körper im Hintergrund auf. Der mit dem empfindlichen Magen ging hin, weil er dachte, es sei eine Puppe oder dergleichen, die zum Stück gehörte. Dem war ja eindeutig nicht so, und als die beiden das erkannten, wählten sie sofort den Notruf. Alles passt mit dem Zeitstempel des Videos zusammen. Zum Glück konnte der sich noch zusammenreißen und hat uns nicht direkt den Tatort vollgekotzt, dafür musste sein Basecap herhalten. Der Junge ist wohl Fan von irgendeiner Krimiserie aus den USA und wusste, dass er sich zurückhalten musste. Wie auch immer der sich das im Fernsehen anschauen konnte mit seinem empfindlichen Magen.«

»Klaus?«

»Ja? Oh, ich bin wieder vom Thema abgekommen? Entschuldige!«

»Schon gut. Und die beiden haben wirklich niemanden gehört? Kein Streit zwischen Opfer und Täter oder irgendetwas, was uns weiterbringen könnte?«

»Einer der Jungs meinte, dass er kurz nach deren Ankunft in einer der oberen Etagen eine Tür hat zuknallen hören, räumte aber ein, dass das nur eingebildet gewesen sein könnte. Er findet die Location wohl etwas ›unheimlich‹. Nichtsdestotrotz habe ich die Kriminaltechnik darum gebeten, sich die Türen der an den Tatort angrenzenden Räumlichkeiten, Treppenhäuser et cetera noch einmal näher anzuschauen.«

»Gut. Das ist zwar die berühmte Nadel im Heuhaufen, aber wir müssen es versuchen. Ich verfolge die Befragung im Nebenraum.«

»Okay.«

»Ach, und Klaus, übrigens weiß ich, was eine Crowd ist.«

»Entschuldigen Sie bitte die lange Wartezeit, Herr Marquardt. Ich wurde von meiner Vorgesetzten aufgehalten. Sie wissen bestimmt, wie das ist. Der Kaffee ist nun leider nur noch lauwarm, aber das soll uns nicht stören, Koffein ist ja trotzdem drin.«

Dies sagte Klaus Scholz mit einem gewinnenden Lächeln. Er wollte eine freundschaftliche Atmosphäre für die Befragung dieses aufgeregten Häufchen Elends schaffen.

»Danke.«

Jens Marquardt griff nach dem großen Pot, auf dem in schnörkellosen Lettern das wenig kreative Wort »Kaffee« eingebrannt war, seine Hände zitterten, und die roten Augen zeugten davon, wie er die Wartezeit verbracht hatte. In unregelmäßigen Abständen zog er den Rotz wieder hoch, der sich unaufhörlich den Weg aus seiner Nase bahnte.

»Wer macht denn so etwas?«

Wieder diese Frage, auf die Klaus Scholz und auch sonst niemand eine zufriedenstellende Antwort kannte.

»Genau darum sind wir hier, um das herauszufinden. Was haben Sie gestern Abend nach der Generalprobe gemacht?«

»Ich bin … Stopp.« Jens stockte. »Moment einmal. Sie denken doch wohl nicht etwa, dass ich …?«

Klaus Scholz hob beschwichtigend die Hand.

»Beruhigen Sie sich. Das sind Routinefragen, mit denen wir nicht nur den Täter einkreisen, sondern auch andere Personen als Verdächtige ausschließen können. Also, wo waren Sie?«

»Ich bin nach der Probe nach Hause gegangen.«

»Wann war das?«

»Ich bin um circa 22 Uhr daheim eingetroffen. Ich benötige ungefähr 20 Minuten mit dem Rad.«

»Kann das jemand bestätigen?«

»Ja. Meine Freundin und zwei Nachbarn. Der eine davon ist gestern Vater geworden, und wir haben ein paar Bier auf seine Zwillinge getrunken. Auch ein Grund für meine kurze Nacht.«

»Ich verstehe. Können Sie mir etwas über das Opfer Gregor Latschek, Ihre Verbindung zu ihm und das Theaterstück berichten?«

»Mmh, was gibt es über Gregor zu sagen? Er ist … Ich meine, er war eine Frohnatur, er hatte echt immer gute Laune, egal wie beschissen sein Tag war. Wirklich motivierend für alle. Vor circa einem Jahr ist er unserer Theatergruppe beigetreten.« Marquardt musste sich kurz sammeln. »Ich kann Ihnen sagen, das war eine Bereicherung für uns. Er hat sich richtig reingekniet und seine Rollen mit viel Leidenschaft ausgefüllt. Wissen Sie was, ich denke, das war für ihn ein Ausgleich zu seiner langweiligen Arbeit in der Bäckerei. Die wurde mittlerweile von seinem Vater geführt und der hatte laut Gregors Darstellung jeglicher Freude entsagt, er lebt nur für seine Arbeit. Nicht selten hat uns Gregor von ihm erzählt und berichtet, was für ein Workaholic er sei, und dass sein Vater von ihm erwartete, auch so viel Energie ins Geschäft zu stecken. Aber damit war er bei seinem Sohn an der falschen Adresse. Gregor meinte immer: ›Es geht um Teigwaren, wie viel Leidenschaft kann ich für ein Brot oder Erdbeertorte entwickeln?‹, und dann kicherte er und sagte gespielt übertrieben, er gehöre auf die Bühne. Das hat sein Lebensgefährte übrigens immer bestätigt, wenn er ihn bei Proben oder Auftritten in Aktion gesehen hat. Tatsächlich sollte er uns auch gestern zusehen, zumindest hatte Gregor ihn angekündigt. Er war etwas nervös, da es sich um unser erstes Stück mit historischem Hintergrund handeln sollte. Wissen Sie, etwas Reales. Und sein Freund hat wohl vermeintlich etwas Ahnung von Geschichte und so und sollte uns ein paar finale Tipps geben. Naja, wie auch immer, er ist nicht aufgetaucht. Gregor war deswegen ziemlich enttäuscht.«

»Ein Lebensgefährte, sagen Sie?« Klaus Scholz spürte Euphorie über die Neuigkeiten aufkeimen. »Kennen Sie den Namen dieses Mannes?«

»Nein, leider nicht.« Und schon war die Euphorie des Ermittlers erloschen. »Gregor hatte unzählige Kosenamen für ihn, aber seinen richtigen Namen hat er nie genannt. Oh nein, da fällt mir ein, wie sollen wir ihn denn über Gregors Tod informieren?«

Jens Marquardt war verzweifelt. Klaus Scholz bemühte sich, das Gespräch nicht in andere Bereiche abgleiten zu lassen.

»Hat sich Herr Latscheks Partner denn nicht vorgestellt?«

»Puh, mir zumindest nicht. Er war uns anderen gegenüber etwas distanziert und zurückhaltend.«

»Und wie alt war er? Gab es irgendwelche Besonderheiten, die Ihnen aufgefallen sind?«

»Das Alter kann ich nur schätzen. Er sah älter aus als Gregor. Vielleicht so Anfang oder Mitte 30, aber das ist definitiv nicht meine Paradedisziplin, er könnte auch genauso gut über 40 sein. Aber ansonsten, nein. Er wirkte total unauffällig, fast langweilig.«

»Verstehe. Wissen Sie, wo die beiden sich kennengelernt haben?«

»Oh ja, sogar sehr genau.«

Jens Marquardt lächelte das erste Mal an diesem Morgen.

»Gregor hat ihn vor einiger Zeit in der Bäckerei seiner Familie kennengelernt. Er war Kunde bei ihm. Ich weiß sogar noch, dass er ›Mürbchen‹, also diese Mürbeteigtaler, gekauft hat, weil es die Dinger fortan immer als Pausensnack gab, wenn sein Freund eine unserer Proben besucht hat.«

Marquardt trank einen Schluck seines bitteren kalten Kaffees. »Sie sind wohl ins Gespräch gekommen, weil Gregors Freund ein Buch über historisch spannende Gebäude unserer Stadt aufgefallen war. Gregor erzählte mir später im Vertrauen, dass das Buch seinem Vater gehörte, er die Verwechslung aber gerne mitgespielt hatte, da er so mit dem, wie er sagte ›außergewöhnlichen Kerl‹ ins Gespräch kommen konnte, der wiederum tatsächlich extrem geschichtsinteressiert war. Von dem haben wir übrigens auch unsere Kostüme für das aktuelle Stück.«

Jens Marquardt beschrieb die stinkende Leinenkleidung, ein zerfetztes Hemd nebst löchriger Hose, die der Tote getragen hatte.

Klaus Scholz konnte es sich nicht verkneifen zu fragen: »Waschen Sie diese Klamotten nie?«

»Sind Sie verrückt? Das ist Originalkleidung, die waschen wir doch nicht.«

»Was meinen Sie mit *original*?«

»Also der Freund vom Gregor, der hat anscheinend Kleidung, Uniformen und so Zeug aus den letzten Jahrhunderten gesammelt oder geerbt oder ... ach, keine Ahnung. Und jedenfalls durften wir die für das Theaterstück nutzen. Das sind noch Kleidungsstücke, die damalige echte Arbeiter getragen haben.« Die Augen des Mannes leuchteten schon wieder, Klaus Scholz verstand nicht ganz, warum. »Durch den Geruch und den Schmutz in den Fasern kommen wir so richtig in unsere Rollen, als wären wir damals dabei gewesen. Sie wissen schon, Streiks für bessere Arbeitsbedingungen und so, aber wir haben auch ein paar moderne Elemente eingebaut. Es war Gregors Idee, zwischendurch eine Steppeinlage zu bringen, er meinte, das hätte dann einen unvergesslichen Charakter.«

Nun strahlte Jens Marquardt regelrecht. Klaus Scholz fand die Vorstellung, diese alte stinkende Kleidung überzuwerfen, noch immer abstoßend, versuchte dennoch, professionell zu bleiben. Seine Meinung war hier nicht gefragt.

»Und was ist mit der Spindel? Sie sagten am Telefon, dass sie kein Bestandteil des Kostüms war.«

Er schob ein Foto des blutigen Gegenstandes über den Tisch.

»Was ist das für rotes Zeug? Ist das etwa Blut?« Das Strahlen in den Augen des Mannes wich Entsetzen, die Realität schien sich ihren Weg zurückzubahnen, seine Stimme erreichte eine schrille, unangenehme Höhe. »Nein, die Spindel habe ich noch nie zuvor gesehen, und sie hätte auch keine Rolle in unserem Stück gespielt, wie gesagt, wir haben es etwas modernisiert.«

»Okay, danke.«

Scholz nahm das Foto wieder an sich und ordnete demonstrativ seine Unterlagen. Dieses Vorgehen hatte er nun schon ein paar Mal bei seiner Vorgesetzten beobachtet und fand es gut, irgendwie erzeugte es eine gewisse Spannung. Wie in Krimis, in denen man die Befragten noch zappeln lässt, voller Ungewissheit, ob sie als verdächtig galten oder nicht.

»Eine letzte Frage habe ich noch.«

»Ja, welche?«

»Haben Sie sich gestern zum Abschluss der Generalprobe alle zusammen einen Prosecco genehmigt, um anzustoßen?«

»Nein, das ist nicht so unser Ding. Horst musste direkt weiter zur Nachtschicht ins Krankenhaus, und Sybille und Kamilla wollten so schnell wie möglich nach Hause, um zu schauen, dass ihre Kinder nicht die Nacht zum Tag machten. Sybille ist alleinerziehend, und Kamillas Partner musste diese Woche ausnahmsweise auf Dienstreise.«

»Und was ist mit Ihnen?«

»Ich vertrage das Zeug nicht. Keine Ahnung, warum, aber ein Glas Prosecco, und ich bin durch. Als hätte ich die Nacht durchgesoffen. Das konnte ich nicht machen, ich musste doch mit dem Rad nach Hause. Aber Gregor liebte es. Normalerweise hat er sich gerne nach einer Probe ein Schlückchen genehmigt.«

Nachdem Klaus Scholz Jens Marquardt aus dem Gebäude begleitet hatte, waren Susanne Mayer, Gustav König und er gemeinsam in Olafs Büro gegangen, um sich die Ergebnisse der Obduktion berichten zu lassen. Olaf Winkler war nicht gerade bester Laune und offenbar genervt davon, dass seine heiligen Hallen von dem kompletten Team belagert wurden. Nur einige Minuten zuvor hatte sich bereits Ralf Rießling eingefunden, um sich auf den neuesten Stand bringen zu lassen.

»Ehnor hätte wo nüsch gereicht, um nachm Ergebnis zu fraachn odor einfach ma anrufn?«

Ralf Rießling legte ihm freundschaftlich die Hand auf die Schulter.

»Ich weiß, Olaf, es sieht aus wie ein Überfall, aber umso schneller du uns deine Resultate präsentierst, umso schneller bist du uns wieder los.«

»Is ja jut. Isch meen ja nur. Dor Klausi is ja öfter hier untn, aber de Grünschnabel-Chefin und dor Knülsch aus Bielefeld nu och noch? Was solln das?«

Susanne hatte sich vorgenommen, die verbalen Attacken des Gerichtsmediziners geschickt für sich zu drehen, um aus dieser Zweckgemeinschaft ein funktionierendes Team zu machen.

»Olaf, ich verstehe deinen Missmut. Die alten Kollegen sind größtenteils weg, und ich wurde dir als Vorgesetzte vor die Nase gesetzt. Über kurz oder lang wird uns aber nichts anderes übrigbleiben, als uns zusammenzuraufen, um bestmögliche Arbeit zu leisten. Auch Gustav gehört zum Team, also hör bitte auf, im tiefsten Sächsisch mit ihm zu sprechen.«

Ralf Rießling nickte zustimmend. Olaf Winkler jedoch brauchte noch etwas Zeit und antwortete knapp:

»Isch quassel, wie isch will. So. Basda. ... Die Obduktion hat eindeutig ergeben, dass das Opfer an einer Cyanidvergiftung verstorben ist. So zwischen 23 Uhr und 2 Uhr, und die blutigen Fingerkuppen hat er sich vor dem Tod eingehandelt, es gibt aber keine Anzeichen dafür, dass er sich gewehrt hätte. Und jetzt raus hier, ich möchte weiterarbeiten.«

»Danke, Herr Doktor Winkler«, sagte Gustav König mit einem hämischen Grinsen, »am Ende habe ich sogar alles verstanden.«

Der Gerichtsmediziner warf ihm einen eindeutigen Blick zu und widmete sich betont geschäftig seinen Unterlagen.

RALF RIESSLING

Schon wieder war ein Glas leer. Der Spätburgunder des Weingutes seiner Familie hatte es in sich, nicht nur geschmacklich und preislich, nein, auch die Umdrehungen waren ganz ordentlich. Genauso wie er es liebte, und zum Glück musste er nichts dafür bezahlen. Jedes Mal, wenn er seine Schwester auf dem elterlichen Gut besuchte, belud er sein Auto bis zur Kapazitätsgrenze. Ihm gehörten immerhin 40 Prozent des Unternehmens, da war es geradezu seine Pflicht, eine Qualitätsprüfung vorzunehmen, um zu wissen, dass er ihr Produkt auch guten Gewissens anbieten konnte. Ralf Rießling musste schmunzeln. Er liebte diese kleine Geschichte, die er sich selbst und seiner Frau regelmäßig auftischte, um seine offensichtliche Vorliebe für gegorenen Traubensaft zu erklären. Weniger liebte er das Gelächter, wenn die Leute mitbekamen, dass die Familie ein Weingut besaß und sein Name Rießling war. Purer Zufall, aber die daraus resultierenden Witze konnte er schon nicht mehr zählen.

Heute gab es zwei gute Gründe für den Wein. Nein, halt, es waren sogar drei gute Gründe. Zum einen den Wein selbst, den hatte seine Schwester Annegret mal wieder außerordentlich gut hinbekommen. Ralf Rießling hielt das Glas gegen das goldgelbe Licht der Stehlampe zu seiner Linken und bewunderte die kräftige Farbe.

Zum zweiten seine Frau. Er liebte Sieglinde, oder Siggi, wie er sie immer nannte, wirklich sehr. Hinter dieser Aussage konnte er guten Gewissens einen ehrlichen Punkt setzen. Derzeit hatte sie aber wieder eine dieser Phasen, in der er ihr nichts recht machen konnte. Offenbar arbeitete er zu viel, das Haus war zu klein und der letzte Urlaub auf Mauritius nicht exklusiv genug gewesen. Anscheinend hatte ihre langjährige Freundin Mechthild, mit der Siggi eine Hass-Liebe verband, mal wieder mit ihren neuen Errungenschaften geprahlt und Siggi im verbalen Kräftemessen den Kürzeren gezogen. Nach 35 Ehejahren kannte er das Schauspiel zur Genüge, das sich daraus für ihn ergab. Er wusste auch, dass Siggi sich nach ein paar Tagen wieder einkriegen würde. Doch bis dahin schmeckte der Wein eben besonders gut.

Und dann dieser neue Fall. Dieser kräftezehrende Fall. Zwei Tote innerhalb von 24 Stunden. Wenn die Presse davon Wind bekam, würde der mediale Spießroutenlauf beginnen, und viel schlimmer noch: Bisher hatten sie keine heiße Spur. Das bedeutete, es konnte jeden Augenblick ein neues Opfer geben, zumindest, wenn die beiden Morde zusammenhängen sollten. Genau das befürchtete er. Sie mussten die verantwortliche Person schnappen, bevor sie sich weiter austoben konnte. Zum Glück hatte er ein klasse Team an der Hand. Profis mit scharfem Verstand und ausgeprägter Intuition. Wenn sie ihre Energie doch nur nicht gegeneinander einsetzen würden. So viel Dissonanz hatte er in seinen 30 Dienstjahren noch nicht erlebt. Aber sie würden sich schon noch als Team finden, da vertraute er auf die Professionalität jedes Einzelnen. Er musste bloß ein Auge auf Olaf haben. Warum hatte der plötzlich angefangen, so stark auf Sächsisch loszuquasseln, sobald der Neue in der Nähe war?

Ralf Rießling hörte das quietschende Geräusch der Schlafzimmertür in der oberen Etage, seine Siggi war nun ins Bett gegangen. Voller Vorfreude öffnete er die zweite Flasche des köstlichen Spätburgunders. Es war nun an der Zeit, seinem weiteren Hobby zu frönen. Diesmal eines, von dem Sieglinde gar nichts wusste. Das Gekeife konnte er sich nun wirklich sparen.

Vor einigen Jahren hatte er Online-Kartenspiele für sich entdeckt und konnte nicht ganz ohne Stolz von sich behaupten, dass er recht erfolgreich war. Ja gut, derzeit lief es nicht so gut. In den letzten Wochen hatte sich eine kleine Pechsträhne eingeschlichen, aber er würde das Ruder schon wieder herumreißen. Und gleich heute wollte er damit anfangen. Ralf Rießling hatte das Gefühl, dass das Glück diesmal auf seiner Seite war. Er nahm noch einen kräftigen Schluck, bevor er den Laptop aufklappte und für ein paar Stunden in eine andere Welt abtauchte.

GEDANKEN TÄTER

Schau sie dir an. Torkelnd und gackernd. Vollgekotzt und mit stumpfem Gesichtsausdruck zieht sie durch die Straßen. Die Alte widert mich an.

Was hast du nur an ihr gefunden? Du mochtest sie, das habe ich gespürt, aber du warst ihr egal. Ob sie sich überhaupt noch an dich erinnern kann? Ist auch gleichgültig. Auf deine Gefühle kann ich keine Rücksicht nehmen.

Eigentlich war das nicht geplant. Ich habe ja auch gar keine Zeit dafür. Aber dieser Anblick, dieses respektlose Verhalten, ich muss es einfach tun. Denn, wie du immer sagtest: Wer Fehler macht, muss bestraft werden. Die da hat eindeutig Fehler gemacht. Sie hat es zweifelsfrei verdient.

Oh schau, ihre Freunde verabschieden sich und gehen in eine andere Richtung. Weit und breit sind kaum Menschen zu sehen. Die wenigen Nachteulen sind allesamt mit sich und ihrem digitalen Leben beschäftigt. Perfekt. Zum Glück habe ich noch alles dabei. Das wird schon gehen.

21. OKTOBER | 4 UHR

In dieser Nacht fand Susanne keine Ruhe: die beiden Morde, nicht einmal eine lauwarme Spur und die permanenten Sticheleien im Team. Die Gedanken drehten sich im Kreis. Um kurz nach 4 Uhr hatte sie die Entscheidung getroffen, dass die Nacht vorbei war, und sich aus dem Bett geschält. Nach einer schnellen Dusche und einem süßen Kakao in ihrer noch kargen Küche, in der sie nichts weiter befand außer einem Klapptisch, Kaffeemaschine und Toaster, hatte sie sich auf den Weg gemacht. Dieser führte aber nicht geradewegs in die Dienststelle.

Sie würden um 8 Uhr eine Besprechung haben, Susanne musste es schleunigst gelingen, den Teamgeist zu stärken. Sie wusste, dass ein paar süße Teilchen vom Bäcker keine Probleme lösten, aber sie hoffte, dass sie zumindest ein Schritt in die richtige Richtung sein könnten.

5.55 Uhr. Ihr Blick streifte die große Wanduhr, als sie den Kopfbahnhof über die westliche Eingangshalle betrat. Obwohl sie das Gebäude kannte, seit sie klein war, beeindruckte es sie immer wieder aufs Neue. Die hohen Decken, der edle Fußboden und die pompöse Gestaltung der Hallen. Verständlich, dass sich hier regelmäßig zahlreiche Fotografen tummelten; als Motiv verwöhnte der Hauptbahnhof seine Betrachter. Es war noch auffallend leer, doch schon bald würden hier, wie jeden Tag, Tausende Reisende und Pendler entlanghetzen, vorbei an Scharen von Drogenabhängigen und Obdachlosen.

Ihr Ziel war ein kleiner Stand in der obersten Etage des Bahnhofs, direkt an den Gleisen. Das Büdchen gehörte weder zu einem traditionellen Unternehmen noch gab es besonders ausgefallene Spezialitäten, aber deren Streuselschnecken waren fantastisch. An denen konnte und wollte Susanne nicht vorbei. Ob es an einer extra Portion Butter oder einem großzügigen Schwung Zucker lag, konnte sie nicht sagen, aber die Teilchen schmolzen in ihrem Mund. Ein Genuss vom ersten gierigen Bissen bis zum Abschlecken der Glasur an den Fingern. Es war ihre kleine Auszeit, wie ein Spa-Tag ohne Spa. Sobald sie sich ausgelaugt fühlte, gönnte sie sich einen Besuch bei diesem Bäcker. Mindestens eine der Streuselschnecken würde es nicht bis ins Büro schaffen, ganz klare Sache.

Beim Blick auf ihre Uhr spürte Susanne ein erleichtertes wohliges Gefühl. Es war nun 6.05 Uhr, und bisher hatte sie kein Anruf erreicht, dass eine weitere Leiche aufgefunden worden war. Vielleicht war ihnen heute eine Atempause vergönnt. Sie nahm die zwei großen Papiertüten, alle zwei prall gefüllt mit Backwaren, von dem schläfrig dreinschauenden Verkäufer entgegen. Bestimmt viel zu viel für die Teambesprechung, aber es würde sich schon jemand finden, der den Rest übernahm.

Susanne Mayer musste sich beeilen, ihren Wagen hatte sie am Taxistand stehen lassen. Das war nicht ganz so gerne gesehen, aber Parkhaus war ihr einfach zu teuer, obwohl das am Bahnhof im Vergleich zu den innerstädtischen sogar günstig war. Plötzlich gellte hinter ihr ein erschütternder Schrei, auf den ein aufgeregtes Gemurmel folgte. Vier Gleise weiter in östlicher Richtung bildete sich eine Traube von Menschen, die gespannt in das Gleisbett starrten. Die beiden vollen Papiertüten mit den süßen Backwaren in der linken Hand und den Dienstausweis mit der anderen Hand aus der Tasche fummelnd, lief Susanne Mayer hinüber zu Gleis elf und drängte sich durch die Menschenansammlung. Den herbeigeeilten Mitarbeitern des Hauptbahnhofs zeigte sie ihren Ausweis und bat darum, die Schaulustigen zurückzudrängen. Erst dann wagte Susanne einen Blick. Bei dem, was sich ihren Augen eröffnete, stellten sich der Ermittlerin die feinen Nackenhaare auf, beinahe wären die Streuselschnecken auf dem Boden gelandet.

Angelehnt an dem Prellbock saß im Gleisbett eine Gestalt. Der leblose Körper steckte in einer nicht mehr zeitgemäßen Uniform eines Bahnmitarbeiters, gebleichtes halblanges Haar verdeckte das Gesicht. Das Ganze wirkte inszeniert und leider vertraut für die Ermittlerin.

»Scheiße«, flüsterte Susanne fast unhörbar.

Keine zehn Minuten später, nachdem sie den Leichenfund gemeldet hatte, trafen bereits die ersten Kollegen ein. Einige Streifenpolizisten, die Kriminaltechnik und ein vor sich her brabbelnder Olaf Winkler. Susanne fürchtete bereits die bereichernden Sprüche des Gerichtsmediziners.

»Du hast wohl einen Wasserschaden zu Hause Mädel, oder warum treibst du dich um die Zeit schon auf dem Bahnhof herum?«

Widerwillig entschied Susanne, seinen Kommentar zu ignorieren, die Ermittlungen hatten höchste Priorität.

»Warum bist du denn schon hier? Wusste gar nicht, dass du mit deinem klapprigen Rad so schnell fahren kannst.«

»Wie du weißt, war der Ansturm in meine kalte Kammer in den letzten Tagen sehr hoch. Ich hatte einiges aufzuarbeiten.«

Susanne hielt ihm die Tüte mit den süßen Teilchen vom Bäcker entgegen, mittlerweile hatte sie die zweite

Streuselschnecke verdrückt und liebäugelte schon mit Nummer drei. Olaf blickte etwas irritiert in die Papiertüte, und Susanne glaubte, ein Lächeln über sein grimmiges Gesicht huschen zu sehen. Beherzt griff er zu.

»Ich liebe Streuselschnecken, die hole ich mir immer, wenn ich die Faxen dicke hab.«

Unverhohlen starrte Susanne ihn an, offenbar hatten sie doch eine Gemeinsamkeit. Olafs Blick traf ihren.

»Was ist?«, nuschelte er, während er genüsslich kaute.

»Nichts«, antwortete sie knapp.

»Du bist hart im Nehmen, nicht jeder kann essen, wenn vor ihm eine Leiche liegt. Weißt du schon irgendetwas? Immerhin hast du sie ja quasi gefunden.«

Susanne staunte schon wieder, das ging ja fast in die Richtung eines Gesprächs auf Augenhöhe.

»Ich habe schon mit der Frau gesprochen, die das Opfer tatsächlich entdeckt hat, sie steht noch unter Schock und wird gerade von den Sanitätern betreut. Die Frau befand sich wohl schon eine Weile am Bahnsteig elf, weil sie heute Morgen ihre Abfahrtszeit verwechselt hatte. Ihr war nichts Außergewöhnliches aufgefallen während ihrer Wartezeit. Um sich die Füße zu vertreten, ist sie am Bahnsteig auf und ab gelaufen. Aus den Augenwinkeln hat sie dann ein eigenartiges Bündel im Gleisbett liegen sehen, etwas genauer hingeschaut und – naja, dann folgte auch schon ihr Schrei. Also nein, wir haben noch nichts.«

»Warum fängt die Kriminaltechnik nicht langsam an? Wann soll ich denn bitte mit meiner Arbeit loslegen?«

Na also, da war er auch schon wieder, der grimmige Gerichtsmediziner, der ihre Sorgenfalte zu einer Furche werden ließ.

»Der Tatortknipser ist noch nicht hier.«

Hinter sich hörte sie ein unruhiges Raunen durch die Menge der Schaulustigen gehen, jemand versuchte, sich einen Weg durch die Menschentraube zu bahnen. Einige Sekunden später kam eine junge Frau zum Vorschein und schaute sich um, erblickte Susanne Mayer und Olaf Winkler und kam den Umständen unangemessen fröhlich lächelnd auf sie zu. Überschwänglich hielt sie beiden die Hand hin. Als keiner Anstalten machte zuzugreifen, zog sie sie zurück. Zumindest vordergründig ließ sie sich davon nicht in ihrer guten Laune beirren.

»Hallo, ich bin die Yuna. Yuna Loris Maler, ich bin hier als Tatortfotografin eingeteilt. Der Rudi ist ja seit heute im Ruhestand. Hat er sich auch verdient, was? Freut mich echt, euch kennenzulernen, das wird eine super Zusammenarbeit.«

Susanne versuchte, sich daran zu erinnern, ob ihr jemand etwas über Rudis Rentenantritt erzählt hatte. Dann fiel es ihr wieder ein, es gab sogar eine kleine Sammlung, bei der sie in letzter Minute dazu gekommen war, 15 Euro in den Topf zu werfen. Ein Gutschein für das große neue Gartencenter am Stadtrand sollte es werden, wenig originell, wie Susanne fand, aber wahrscheinlich konnte er den nun gut gebrauchen.

Olaf musterte währenddessen die neue Kollegin, er konnte so gute Laune am Morgen einfach nicht ausstehen.

»Das werden wir noch sehen, ob die Zusammenarbeit gut wird. Schnell warst du ja nicht gerade hier. Komm mit, die Kollegen warten schon auf dich.«

Yuna Loris Maler lief Olaf nicht mehr ganz so fröhlich hinterher, wahrscheinlich hatte sie sich das Kennenlernen etwas herzlicher vorgestellt.

Gegen 10 Uhr hatte sich die gesamte Mannschaft im Beratungszimmer eingefunden und genoss einen verbalen Einlauf durch Ralf Rießling.

»Das ist das dritte Opfer. Das dritte in zwei Tagen. Ich habe bereits mit Olaf sprechen können, wie immer hat er darauf verwiesen, dass ich die offiziellen Ergebnisse der Obduktion abwarten sollte, aber er geht nach derzeitigem Kenntnisstand davon aus, dass auch dieses Opfer an einer Vergiftung gestorben ist. Genau wie die beiden davor. Leute«, Ralf Rießling schlug mit der flachen Hand auf die Tischplatte aus billigem Pressspan, »wir brauchen Ergebnisse, und zwar sofort.«

Ralf Rießlings Kopf war mal wieder hochrot angelaufen. Auch Susanne Mayer war die Dringlichkeit ihrer Ermittlungen schmerzlich bewusst.

»Ralf, meine Leute arbeiten mit Hochdruck an der Aufklärung, bisher haben sich aber noch keine Spuren ergeben. Das Gift und die Uniformen beziehungsweise Kostüme sind die einzigen Zusammenhänge, die wir finden konnten, und diese ergeben bisher für uns einfach keinen Sinn.«

»Das ist zu wenig, Suse, das ist einfach zu wenig. Findet die Verbindung zwischen den Opfern. Da draußen läuft ein Monster umher, das uns jeden Morgen eine neue Leiche präsentiert, ohne dabei gesehen zu werden, geschweige denn, Spuren zu hinterlassen. Wir brauchen mehr. Ich will es nicht bereuen müssen, mich für deine Beförderung eingesetzt zu haben.«

Das hatte gesessen. Ein präziser Stich mitten ins Herz. Die Wut über die mangelnden Ergebnisse der bisherigen Ermittlungen war nicht zu überhören.

Ralf Rießling fuhr unbeeindruckt fort.

»Haben die Analysen des Plastikbechers und der Spindel etwas ergeben?«

»Nein, darauf war lediglich die DNS von Gregor Latschek zu finden.«

»Wo ist überhaupt Gustav König? Er sollte auch an diesem Meeting teilnehmen.«

»Der war heute Vormittag noch nicht zu erreichen.« Susanne Mayer hatte sich wieder gefangen.

»Das ist inakzeptabel, sobald er auftaucht, will ich ihn in meinem Büro sehen. Klaus, hast du schon etwas zum Opfer? Aber bitte kurz und knackig.«

Klaus Scholz räusperte sich, diesen Wink mit dem Zaunpfahl verstand er durchaus.

»Das Opfer hieß Maria Sistenoch. 41 Jahre, verheiratet, drei Kinder. Sie arbeitete als Friseurin in einem Laden im Norden der Stadt, der zur Kette *XXL Haarfein* gehört. Kollegen waren bereits bei ihrem Mann und haben ihm die Todesnachricht überbracht. Er war vollkommen aufgelöst, sodass wir eine Seelsorgerin gebeten haben, mit ihm zu sprechen. Der Mann des Opfers konnte uns noch erzählen, dass seine Frau regelmäßig Stammtisch mit ihrer, wie er es ausdrückte ›Mädelsrunde‹ hatte. Gestern war wieder einer dieser Abende.«

»Und hat er sich nicht gewundert, als Maria abends nicht nach Hause gekommen ist?«

Susanne konnte sich kaum vorstellen, dass dem Mann das Wegbleiben seiner Frau nicht aufgefallen war.

»Doch schon, aber er meinte, es sei nicht außergewöhnlich gewesen, dass diese Abende seiner Frau mit ihren Freundinnen bis in die Morgenstunden dauerten. Gestern handelte es sich sogar um einen sogenannten ›Faschingstreff‹, weshalb seine Frau auch verkleidet war. Er meinte, dass sie sich, und jetzt folgen vermeintlich ihre Worte«, Klaus las von seinem Zettel ab, »›mal so richtig die Kante geben wollte‹ und er nicht auf sie warten sollte.«

»Verdammt.« Ralf Rießling warf frustriert seinen Kugelschreiber auf den Besprechungstisch. Susanne

Mayer schaute nur kurz zu ihm hinüber und wandte sich sofort wieder an Klaus Scholz.

»Konnte er etwas über das Kostüm seiner Frau sagen?«

»Ja, tatsächlich. Er meinte, es handelt sich um die Originaluniform einer Zugbegleiterin aus den 70er-Jahren.«

»Wo hatte sie die denn her? Familienbestand?«

»Nein. Maria Sistenoch hat wohl noch bis vor ein paar Monaten einem Herrn die Haare geschnitten, der Uniformen und, naja, generell alten Kram gesammelt hat. Das Kostüm war anscheinend aus seinem Fundus.«

»Was heißt ›bis vor ein paar Monaten‹? Was ist dann passiert?«

»Der Ehemann wusste es auch nicht genau. Plötzlich ist dieser Typ einfach nicht mehr zum Haareschneiden aufgetaucht.«

»Und die Klamotten hat sie seitdem einfach behalten?«

»Ja, sie hatte sie wohl schon eine Weile. Diese Faschingstour sollte eigentlich schon im Winter stattfinden, musste aber verschoben werden. Der Eigentümer hatte ihr damals gestattet, sie derweil zu behalten.«

»Und wie ist der Name dieses Kunden?«

»Das konnte uns der Ehemann nicht sagen, aber es gibt wohl ein Terminbuch, in dem sie jeden Kunden im Salon oder auch die Hausbesuche akribisch festgehalten hat. Zu Hause konnte er es auf Nachfrage nicht finden, aber wir sind dran. Zwei Kollegen fahren just in diesem Moment in den Friseursalon, befragen die Belegschaft und suchen nach dem Ding.«

»Okay, danke, Klaus.« Susanne wandte sich an Ralf Rießling. »Ich weiß nicht, wie es dir geht, aber ich habe das Gefühl, als würde uns dieses Buch weiterbringen ...«

»Entschuldige bitte, Suse, eine Sache noch.« Klaus Scholz war es sichtlich schwergefallen, die Kriminalhauptkommissarin zu unterbrechen. »Neben der Leiche wurde eine akkurat aufgestellte Kaffeetasse gefunden. Sie beinhaltete Reste einer dunklen Flüssigkeit, offenbar Kaffee. Wir gehen davon aus, dass es sich bei dieser Tasse um ein Teil der Uniform handelt. Der verbliebene Inhalt wird gerade untersucht.«

Susanne dachte nach, was sie Ralf Rießling eigentlich sagen wollte, doch das war schon vergessen.

»Es muss einen Zusammenhang zwischen den Morden und Ereignissen aus der Vergangenheit oder auch den Gebäuden geben. Klaus und ich werden die Saufkumpaninnen von Maria Sistenoch befragen, mal schauen, ob denen etwas aufgefallen ist. Und danach, sofern sich Gustav noch blicken lässt, fährst du, Klaus, mit ihm noch einmal in diesen Kostümverleih, und ihr befragt den Besitzer. Vielleicht weiß der, wer in dieser Stadt die alten Fetzen sammelt oder wo man sie erwerben kann. Lasst euch nicht abweisen, wir brauchen jede Information, die wir bekommen können.«

21. OKTOBER | 12 UHR

Als sich die Schiebetür öffnete, erklang einer dieser hohen Töne, der die Anwesenheit eines Kunden ankündigen sollte. Der Raum, den Susanne Mayer und Klaus Scholz betraten, beherbergte alte hölzerne Apothekerschränke genauso wie moderne zweckmäßige Aluminiumregale. Die Beleuchtung schien auf »unangenehm grell« eingestellt zu sein, und jeder vermeintlich freie Fleck wurde durch einen Pappaufsteller belegt, der eines von unzähligen Medikamenten als »das Beste« anpries. Nur die Fensterdekoration, die sie von außen betrachtet hatten, fiel aus dem Rahmen. Ein halbes Dutzend kunterbunte Schirme schmückte den Bereich, die sich wohl auf das aktuelle regnerische Wetter bezogen. Davor war, wenig subtil, eine Mauer aus diversen Verpackungsgrößen eines Hustenmittels aufgebaut.

»Guten Tag. Wir suchen die beiden Inhaberinnen, Karlotta und Meta Kramer.«

Susanne streckte ihren Dienstausweis in die Höhe. Zwei müde Augenpaare blickten in ihre Richtung. Eine Reaktion gab es nicht.

»Könnten wir bitte die Inhaberinnen dieser Apotheke sprechen?«

Susanne Mayer versuchte, ihrer Anfrage Nachdruck zu verleihen.

»Könnten Sie vielleicht etwas leiser reden?«

»Wie bitte?«

Eine der beiden Frauen hinter dem Tresen strich sich mit beiden Händen über den weißen Kittel und versuchte, ein Lächeln aufzusetzen.

»Entschuldigen Sie meine Schwester. Sie ist heute noch nicht sie selbst. Ich bin Karlotta Kramer. Wie kann ich Ihnen helfen?«

»Kennen Sie Maria Sistenoch?«

»Ja. Sie ist unsere Freundin. Wir waren gestern Abend gemeinsam aus. Ist etwas länger geworden, deshalb auch Metas mäßig gute Laune.«

»Wann haben Sie Frau Sistenoch das letzte Mal gesehen?«

»Na, wie schon gesagt, gestern Abend. Ist irgendetwas passiert?«

»Um welche Uhrzeit war das?«

»Das kann ich Ihnen nicht sagen. Wir waren nicht mehr ganz nüchtern. Niemand hat auf die Uhr geschaut. Was ist denn los?«

Karlotta wirkte auf einmal hellwach. Auch Meta

verstand, dass etwas nicht stimmte. Sie rückte näher an ihre Schwester heran und berührte zaghaft ihre Schulter.

»Könnten wir vielleicht irgendwo hingehen, wo es uns möglich ist, ungestört zu sprechen?«

»Natürlich, wir haben ein kleines Büro im hinteren Bereich der Apotheke. Verena, übernimmst du kurz? Frau Ebers kommt gleich und holt ihre Medikamente für die nächsten Wochen ab. –

Folgen Sie mir bitte.«

Während die beiden Beamten Karlotta Kramer in den hinteren Bereich der Räumlichkeiten folgten, blieb Meta vorerst stehen, beobachtete die drei im Vorbeigehen und lief dann langsam hinter ihnen her. Sie wirkte deplatziert und durcheinander. Susanne stellte sich innerlich auf ein Problem ein, irgendetwas stimmte hier nicht.

Im kleinen Büro angekommen, das offenbar gleichzeitig als Teeküche und Umkleide für die Belegschaft herhalten musste, wurde die Ermittlerin deutlicher.

»Heute, in den frühen Morgenstunden, fand man Maria Sistenoch tot auf. Ihre Leiche wurde auf einem der Gleise im Hauptbahnhof Leipzig entdeckt.«

Die Schwestern schwiegen. Die Augen weit aufgerissen, blickten sie Susanne ungläubig an. Meta wirkte dabei immer noch verwirrt. Die Kommissarin positionierte sich so, dass sie beide Gesprächspartnerinnen besser im Blick hatte. Karlotta fand ihre Stimme als Erste wieder.

»Wurde Maria von einem Zug erfasst? Sie war so betrunken, ich habe ihr noch gesagt, sie solle aufpassen.«

Ihre Stimme klang schwach, Karlotta kämpfte sichtlich mit der Fassung.

»Nein, kein Zug.«

»Was? Was ist dann mit ihr passiert? Warum sind Sie überhaupt hier bei uns?«

»Beruhigen Sie sich bitte, Frau Kramer, ich würde vorschlagen, wir setzen uns alle erst einmal hin und sprechen in Ruhe über die Vorkommnisse der letzten Nacht.«

»Ich stehe lieber.«

Meta Kramer verzog keine Miene, während sie sprach. Susanne versuchte gar nicht erst, darauf einzugehen, sondern redete unbeirrt weiter.

»Frau Sistenoch wurde heute Nacht vergiftet.«

»Scheiße, was? Wer sollte Maria denn so etwas antun? Sie war eine außerordentlich liebenswürdige Person, hat sich ständig Sorgen um andere Menschen gemacht.«

Karlotta Kramer schien ehrlich entsetzt zu sein. Ihr Verhalten deutete darauf hin, dass der Verlust ihrer Freundin sie nicht kalt ließ.

»Wir hofften, Sie könnten uns dabei weiterhelfen. Frau Kramer, Sie und Ihre Schwester waren wahrscheinlich die letzten Personen, die Maria Sistenoch vor ihrem Ableben gesehen haben. Sie drei haben gemeinsam eine Partynacht hinter sich gebracht. Wie ist denn der Abend verlaufen? Gab es vielleicht Streit? Eine Diskussion unter Betrunkenen, die aus dem Ruder gelaufen ist?«

Susanne Mayer machte eine kunstvolle Pause und blickte in Richtung Verkaufsraum der Apotheke.

»Ich weiß, es gehört mit Sicherheit nicht zur Ausstattung einer modernen Apotheke, aber wie steht es um Ihren Cyanidbestand?«

Karlotta Kramer schaute zwischen der Kommissarin und ihrer Schwester hin und her.

»Ich verstehe nicht ganz, was die Frage soll. Natürlich haben wir kein Cyanid. Was denken Sie denn?«

»Ich verstehe schon, was sie uns damit unterstellt. Und mir gefällt das ganz und gar nicht.« Meta Kramer machte eine flinke Bewegung auf die Ermittlerin zu, bis sie bedrohlich nahe vor ihr stand. Klaus wollte soeben einschreiten, doch Susanne winkte unauffällig ab. »Unser Gast möchte damit andeuten, dass wir etwas mit Marias Tod zu tun haben. Und in ihrer Fantasie passt es super ins Bild, dass wir eine Apotheke betreiben.« Meta fixierte ihr Gegenüber. »Es tut uns leid, Sie enttäuschen zu müssen, aber wir haben nichts damit zu tun. Wir haben Maria geliebt wie eine weitere Schwester. Seit über 30 Jahren kannten wir uns schon. Und neben dem schrecklichen Schmerz, der durch die Nachricht ihres Todes gerade ausgelöst wurde, kommt nun auch noch der blanke Hohn durch Ihre Unterstellung hinzu.«

»Meta, bitte komm wieder runter. Ich bin mir sicher, die beiden machen nur ihre Arbeit.«

»Indem sie uns verdächtigen? Lächerlich! Untersuchen Sie doch alles. Sie werden nichts finden, denn es gibt hier kein Gift, und es gab nie welches.«

Endlich vergrößerte Meta Kramer wieder den Abstand zwischen sich und der Kommissarin. Sie ließ sich auf einen der weißen Plastikstühle sinken, stumme Tränen liefen ihr über das Gesicht. Sie schwieg.

»Meta.« Karlotta Kramer lief zu ihrer Schwester. »Meine Schwester hat im letzten Jahr viel verkraften müssen, deshalb reagiert sie auch so ungehalten. Der gestrige Abend mit Maria war endlich eine Ablenkung von unserem beschissenen Alltag. Und nun das! Ein weiterer Verlust, ausgerechnet Maria. Wieder passiert nur Mist. Meta hat recht. Wir sind über die Jahrzehnte zusammengewachsen wie Geschwister.

Als wir uns gestern im Bahnhof verabschiedeten, ging es Maria noch sehr gut. Mal davon abgesehen, dass wir alle viel zu blau waren. Mir ist immer noch schlecht.«

»Was haben Sie gemacht, nachdem Sie sich im Bahnhof verabschiedet hatten?«

»Wir sind nach Hause gegangen.«

»Gemeinsam?«

»Ja, also ich meine, wir teilen uns eine Wohnung. Schon immer.«

»Kann das irgendjemand bestätigen?«

»Uns sind im Treppenhaus zwei Nachbarn begegnet. Beide mussten zur Frühschicht.«

»Okay. Ich benötige die Namen und Telefonnummern, sofern Sie diese haben. Außerdem möchte ich, dass Sie den gestrigen Abend noch einmal reflektieren. Was haben Sie gemacht? Wo waren Sie? Ist Ihnen irgendetwas oder irgendjemand Außergewöhnliches aufgefallen?«

»Sind wir verhaftet?«

»Nein. Es wäre trotzdem super, wenn Sie unsere Fragen beantworten würden und wir uns nicht erst zum Gespräch in unseren Räumlichkeiten treffen müssten.«

»Ich verstehe.« Karlotta Kramer zog sich einen Stuhl heran, setzte sich neben Meta und legte einen Arm um sie. »Wir hatten letzte Nacht unseren Stammtisch. Der war in den vergangenen Monaten zu kurz gekommen, weshalb wir es so richtig krachen lassen wollten. Viel Alkohol, tanzen, flirten. Ja, nun schauen Sie nicht so. Die Maria hat sich da immer herausgehalten, aber Meta und ich, wir sind alleinstehend und haben es krachen lassen. Jedenfalls haben wir gestern eine Faschingsfeier nachgeholt, die eigentlich Anfang des Jahres stattfinden sollte, aber aus irgendwelchen Gründen verschoben werden musste. Weiß nicht mehr, warum.«

»Was hatten Sie an?«

»Wir haben alle eine Art von Uniform getragen. Meta war eine Pilotin, ich Polizistin und Maria Zugbegleiterin.«

»Wo hatten Sie die Kostüme her?«

»Wir zwei haben unsere selbst genäht, das war ziemlich mühsam, aber das Resultat ist die schlaflosen Nächte jedes Mal wert. Maria hatte ihres geschenkt bekommen.«

»Von wem?«

»Ich glaube, so ein alter Knacker hatte es ihr gegeben. Sie ließ mal fallen, dass der wohl in sie verknallt war. So zumindest ihre Vermutung.«

»Wo waren Sie feiern?«

»In einem Klubkeller in der Innenstadt. Wie der Laden heißt, weiß ich gerade nicht.«

»Schau doch mal auf dein Handgelenk. Mein Stempel ist schon zu verwaschen«, schaltete Meta sich kurz ein.

»Stimmt. Schauen Sie.«

Karlotta hielt Susanne und Klaus ihr linkes Handgelenk entgegen. Darauf stand »Funkenhaus« oder »Funkyhaus«. Das musste noch einmal geprüft werden.

»Danke. Und nun weiter im Text. Was haben Sie gemacht, nachdem sie drei den Klub verlassen haben?«

»Wir sind zum Hauptbahnhof marschiert. Wie gesagt, keine Ahnung, wie spät es war, aber wir hatten es alle drei ziemlich übertrieben. Geradeausgehen war nicht mehr möglich, und Maria musste sogar zwischendurch kotzen, ähem, ich meine natürlich, sich übergeben.«

»Sie ließen Ihre Freundin alleine im Bahnhof zurück, obwohl es ihr so schlecht ging?«

»Oh ja, natürlich. Das war normalerweise kein Problem. Maria machte das ständig. Sie übergab sich, um ›Platz zu schaffen‹, wie sie selbst immer sagte, und trank dann weiter. Gestern hatten wir einfach nichts mehr für den Weg dabei, sonst wäre es wieder so abgelaufen.

Urteilen Sie nicht über uns. Jede von uns ist in seinem Alltag so fest verstrickt, da wird es doch wohl erlaubt sein, sich einen Abend loszureißen, um die Sau rauszulassen. Haben wir es dabei immer übertrieben? Ja, definitiv! Sollten wir uns deshalb schämen? Nein, absolut nicht!«

»Keiner verurteilt Sie deswegen. Wie viel Sie in Ihrer Freizeit trinken, geht uns nichts an.«

Jetzt brachen auch bei Karlotta die Dämme.

»Ich kann es einfach nicht fassen. Wir haben uns doch gerade noch gesehen. Getanzt, gelacht und uns umarmt. Wer macht denn so was?

Sagen Sie, gibt es im Hauptbahnhof denn keine Überwachungskameras? Die müssten uns doch gefilmt haben. Und auch denjenigen, der Maria das angetan hat.«

»Wartungsarbeiten.«

Susanne Mayer war selbst fassungslos, dass sie auch bei diesem Tatort nicht auf das Material der Überwachungskameras zugreifen konnten.

Noch in Gedanken versunken, klingelte ihr Telefon. Es war Olaf Winkler.

»Hallo, Olaf. Was hast du für uns?«

»Nu, ich denke, dass ihr eure Zeit bei den beiden Kramer-Schwestern verschwendet. An einem Knopf der Kleidung des Opfers haben wir Blutspuren gefunden, die erst kürzlich dorthin gelangt sind. Die erste Analyse hat ergeben, dass das Blut von einem Mann stammt. Das heißt, falls ihr keine andere plausible Erklärung dafür findet, könnte es bedeuten, dass der Mörder sich beim Drapieren des Leichnams verletzt hat. Wenn man diese Erkenntnis zugrunde legt, suchen wir wohl nach einem männlichen Täter.«

GUSTAV KÖNIG

»Jetzt nicht!«

Gustav König hörte diesen Satz, als wäre es nicht seine eigene harsche Reaktion auf das Klopfen des Kollegen gewesen. Er nahm die gesamte Situation als Zaungast wahr, gefangen in den eigenen Gedanken und unfähig, sich auf die aktuellen Geschehnisse zu konzentrieren. Er hatte soeben ein Telefonat geführt, das ihn, wie viele dieser Art zuvor, aus der Bahn warf. Er spürte es. Er spürte es bis in jede einzelne Faser seines Körpers, er folgte der richtigen Fährte.

Kurz bevor Gustav König dem Klopfen des uniformierten Kollegen so ruppig begegnete, hatte er mit einem Informanten aus seiner alten Dienststelle gesprochen. Dieser Fall, der vor drei Jahren das erste Mal auf seinem Tisch gelandet war, ließ ihn einfach nicht los. Er und sein damaliges Team gingen seither Tausenden von Hinweisen nach. Erfolglos. Die Mordserie an Senioren, die seine Heimatstadt über zwei Jahre lang in Atem gehalten hatte, konnte bis dato nicht aufgeklärt werden. Nach ihrem abrupten Ende tappten seine Leute und er lange im Dunkeln. Aus Frust hatte Gustav König sich erst vor wenigen Monaten die Fallakten erneut angeschaut. Zählen konnte der Ermittler nicht mehr, wie häufig er nachts noch weit nach Feierabend vor den Dokumenten gehockt und wie besessen Theorie um Theorie auf das Whiteboard geschrieben hatte. Plötzlich wurde es ganz klar, es war fast, als verzöge sich ein jahrelang andauernder Nebel. Die Aussage eines der beiden überlebenden Opfer barg einen Zungenschlag, dem zuvor niemand, ihn eingeschlossen, Aufmerksamkeit geschenkt hatte.

Für Gustav König war an jenem Tag sofort klar gewesen, was zu tun war, um die Mordfälle aufzuklären und weitere zu verhindern. Er musste Ralf Rießlings Nähe suchen, nahe genug, um Teil seines Lebens zu werden. Diese Ermittlung würde einige Zeit in Anspruch nehmen, aber es war wichtig, dass er sein Vertrauen gewann. Nur zu diesem Zweck hatte er um Versetzung nach Leipzig gebeten, von nun an war er inoffiziell an der Sache dran. Nur wenige Vertraute aus seiner alten Abteilung kannten den Plan und berichteten ihm regelmäßig, ob es aktuelle Entwicklungen zum Fall gab. Das vorangegangene Telefonat sollte ihn wieder auf den neuesten Stand bringen, und es hatte seine Befürchtungen auf erschreckende Weise bestätigt. Die Mordserie war nicht abgerissen, sie pflügte sich weiterhin durch das Land. In den letzten Monaten hatte es Taten mit gleichem Muster an verschiedenen Orten gegeben. Wenn man die Tatorte mit Stecknadeln auf einer Landkarte markierte, wurde deutlich, dass sich die Nadeln in Richtung seiner neuen Wahlheimat bewegten. Höchste Zeit voranzukommen, er musste noch näher an Ralf Rießling gelangen. Dieser Mann verbarg etwas und deckte möglicherweise mehrfache Mörder. Doch noch hatte er keine ausreichenden Beweise, mit denen er seinen neuen Vorgesetzten hätte konfrontieren können.

Noch immer starrte er, gedankenverloren auf einem der blauen Stühle des Besprechungsraumes sitzend, die schmucklose weiße Tür an, als diese ohne Vorwarnung aufgerissen wurde. Seine Vorgesetzte Susanne Mayer stand im Türrahmen. Sie war sichtlich genervt von der Suche nach ihm. Offenbar hatte er die Besprechung zum aktuellen Fall verpasst.

Gustav König entschuldigte sich und nahm die Informationen zum weiteren Vorgehen entgegen, sowie den Hinweis, sich schleunigst in Rießlings Büro einzufinden. Er bemühte sich, ihr aufmerksam zuzuhören, aber innerlich haderte er mit sich und der Befürchtung, durch sein Versäumnis die eigenen Ermittlungen gefährdet zu haben. So etwas durfte er sich kein weiteres Mal leisten.

OLAF WINKLER

Olaf konnte kaum glauben, dass bereits mehr als zwei Jahre vergangen waren, seit seine geliebte Frau Beate sterben musste. Während er ihr gemeinsames Hochzeitsbild in den Händen hielt, war der Schmerz so stark, als wäre sie ihm gerade erst genommen worden.

Ein Vollidiot fand es damals wichtig, seiner Freundin eine Nachricht zu schreiben, während er mit 150 Sachen über die Landstraße raste. Seine Frau Beate, die gerade mit ihrer Freundin Marlene eine Radtour machte, hatte er dabei komplett übersehen und in voller Fahrt erwischt.

Dem Unfallverursacher selbst war damals kaum etwas passiert, bei dem Gerichtsverfahren hatte er sich sogar erdreistet, darüber zu lamentieren, dass Fahrradfahrer nichts auf der Landstraße zu suchen hatten, und war letztlich mit einer geringen Strafe davongekommen. Für Olaf purer Hohn, immerhin war Beates Leben durch die Fahrlässigkeit dieses Typen unwiderruflich ausgelöscht worden.

Beim Blick auf das Hochzeitsfoto überschwemmten Olaf eine Vielzahl von Emotionen: tiefe Liebe, flammender Hass, nagende Verzweiflung und lähmende Hoffnungslosigkeit.

Tränen liefen ihm die Wangen hinunter. Gleichzeitig musste er lächeln. Der Bilderrahmen, den er in der Hand hielt, war wirklich zum Schreien hässlich, seine Frau hatte schon immer einen ausgefallenen Geschmack gehabt. Beate war eben besonders gewesen. Sie hatte ihn verstanden, sie konnten gemeinsam schweigen oder auch stundenlang reden. Sie blickte ihn liebevoll an, wenn er erschöpft und desillusioniert von der Arbeit kam, ermutigte ihn täglich aufs Neue, nicht aufzugeben, um Verbrechensopfern eine Chance auf Gerechtigkeit zu geben. In ihrem Fall konnte er nicht für Gerechtigkeit sorgen, ihr Mörder hatte eine viel zu milde Strafe bekommen. Das konnte er sich nicht verzeihen. An diesem Sommertag im Juli vor zwei Jahren war nicht nur Beate gestorben, nein, auch Olaf hatte sein altes Leben verloren.

Mit zittrigen Händen stellte er das Bild zurück an seinen Platz. Es war schlimmer geworden. Olaf musste unbedingt versuchen, sein Leiden vor den Kollegen zu verschleiern. Auch noch seinen Job zu verlieren, würde er nicht überleben. Er konnte doch nur das, und er war unschlagbar als Gerichtsmediziner. Letztes Jahr hatte eine regionale Fachzeitschrift sogar einen Artikel über ihn veröffentlicht, in dem er als Koryphäe seines Metiers bezeichnet wurde. Außerdem war er 55 Jahre alt, sollte er jetzt noch einmal umschulen? Nein, er musste seinen Zustand so lange wie möglich geheim halten.

Seine Finger umklammerten das Kristallglas. Seit einem Urlaub in Irland vor etwa 20 Jahren war er ein großer Anhänger des irischen Whiskeys geworden, aber seit dem Tod seiner Frau schmeckte er ihm etwas zu gut. Das war Olaf Winkler durchaus bewusst, auch die aktuelle Flasche hatte er innerhalb kürzester Zeit geleert. Mit traurigen Augen blickte er auf das gläserne Gefäß. Wie so häufig wurde ihm an diesem Punkt erneut bewusst, dass er wegen des Whiskeys seine Kinder vergrault hatte. Die beiden Jungs wollten und konnten nicht mehr länger dabei zusehen, wie er immer weiter in seiner Trauer ertrank. Der Kontakt zu ihnen lag auf Eis, mittlerweile schon seit einem Jahr. Aus Zufall hatte Olaf mitbekommen, dass er in wenigen Monaten zum ersten Mal Großvater werden würde, aber so, wie die Dinge derzeit standen, sollte er im Leben seines Enkelkindes keine Rolle spielen.

Er kippte den letzten Rest die Kehle runter und frage sich, wie er seinem eigenen Teufelskreis je entkommen sollte. Die Antwort darauf würde er heute Abend nicht mehr finden. Stattdessen suchte er Entspannung in der Ablenkung.

Auf dem Wohnzimmertisch lag ein neues Buch, das er sich zu Gemüte führen wollte: *Straftäter im Osten Deutschlands.*

22. OKTOBER | 8 UHR

Während er auf seine Kollegen zulief, stolperte Klaus Scholz über die geöffnete Schublade eines kleinen grauen Aktenschrankes. Strauchelte. Fing sich wieder und umklammerte mit schmerzverzerrtem Gesicht sein linkes Schienbein, um gleich darauf wieder auf sein Team zuzusteuern. Bereits aus einigen Metern Entfernung wedelte er aufgeregt mit der beigefarbenen Aktenmappe in seiner Hand herum.

»Ratet mal! Ratet mal, wer der Ex-Mann unseres Opfers ist?«

»Or nee, Klausi, wir sin doch in keener Rateshow. Mach's nich so spannend.«

Olaf Winkler hatte keine Lust auf ein Quiz. Klaus Scholz ließ sich in seiner Euphorie nicht bremsen und redete unbeirrt weiter.

»Es ist Raik Sammler, derselbe Typ, den wir schon nach dem Mord an François Claude auf dem Schirm hatten.«

Susanne warf einen kritischen Blick in die Akte, die ihr gereicht wurde.

»Okay, das könnte etwas zu bedeuten haben, muss es aber nicht. Konntet ihr schon mit ihm sprechen?«

»Noch nicht, wir haben ihn telefonisch nicht erreicht, deshalb habe ich ein paar Kollegen zu seiner Wohnung geschickt, um ihn abzuholen und zum Gespräch herbringen zu lassen.«

»Sehr gut.« Susanne klappte die Akte zu. »Das übernehme ich. Du und Gustav fahrt heute, wie besprochen, noch einmal in den Kostümladen. Wir ermitteln vorerst weiterhin in verschiedene Richtungen.«

Zwei Stunden später fand sich Raik Sammler erneut im Gespräch mit der Kommissarin wieder. Diesmal jedoch war er nicht so handzahm und kooperativ wie beim letzten Besuch.

»Was soll der ganze Scheiß? Habt ihr mich nicht schon beim letzten Mal genug ausgequetscht? Was mache ich schon wieder hier in diesem Loch. Wegen euch Vollpfosten habe ich meine Arbeit als Wachmann im Denkmal verloren.«

Um seinem Ärger Ausdruck zu verleihen, spuckte er quer über die Tischplatte in Susannes Richtung. Der schleimige Klecks landete erst kurz vor ihr auf der grauen Metalltischplatte.

Susanne war für ein paar Sekunden in ihrem Ekel gefangen, sah dann aber das Positive an dieser Situ ation: Die DNS-Probe hatte er ihnen somit ja wohl freiwillig zur Verfügung gestellt.

»Herr Sammler, erst einmal herzlichen Dank, dass Sie sich erneut Zeit für uns genommen haben.«

»Hatte ich denn eine andere Wahl?«

Susanne ignorierte die Frage.

»Zweitens, Sie haben Ihren Arbeitsplatz verloren, weil Sie schlichtweg nicht das gemacht haben, wofür Sie bezahlt wurden und außerdem Unbefugten mehrfach über Nacht Zutritt zu dem Bauwerk, dass Sie bewachen sollten, ermöglicht haben. Nach Ihrer eigenen Aussage waren Sie dabei nicht selten selbst abwesend und ließen sich im Klub *Zum Flotten* Käfer ›verwöhnen‹. Ich kann Ihnen gerne einen Spiegel bringen, damit Sie sehen, wer an Ihrer Situation die Schuld trägt.«

»Ach, quatschen Sie nur weiter so geschwollen rum. Ist mir auch egal, die Arbeit war sowieso stinklangweilig. Und außerdem ist an allem nur Maria schuld. Seit die Pute mich verlassen hat, geht alles den Bach runter. Die hält sich eben für etwas Besseres, und da bin ich als kleiner Wachmann nicht gut genug gewesen.«

Susanne wurde hellhörig. Das Gespräch schlug von allein die richtige Richtung ein.

»Maria? Sprechen Sie von Ihrer Ex-Frau Maria Sistenoch?«

»Ja, von wem denn sonst. Die blöde Kuh.«

»Gut, dass Sie Ihre Ex-Frau erwähnen. Wegen ihr haben wir Sie herbringen lassen.«

»Was hat Ihnen dieses Luder nun wieder über mich erzählt? Alles Lügen sage ich Ihnen, alles Lügen!«

»Die Worte, mit der Sie Ihre Ex-Frau betiteln, finde ich sehr spannend, vor allem unter den gegebenen Umständen.«

»Wovon reden Sie?«

»Herr Sammler, Maria Sistenoch wurde gestern tot aufgefunden, und wir haben Grund zur Annahme, dass Sie etwas damit zu tun haben.«

»Was, meine Maria ist tot? Meine kleine süße, lustige Maria?«

Die Stimme von Maria Sistenochs Ex-Mann wurde ganz sanft und leise, plötzlich konnte er sich nicht mehr halten und fing an zu schluchzen.

Susanne Mayer musste die Situation auf sich wirken lassen, der spontane Stimmungswechsel ihres Gegenübers irritierte sie. Gerade noch war das Opfer eine blöde Kuh und nun die kleine Süße, die schmerzlich beweint wurde.

»Herr Sammler, wo waren Sie in der Nacht zum 21. Oktober?«

Ihr Gegenüber schaute die Ermittlerin mit wässrigen Augen an.

»Das war gestern? Da war ich im Klub *Zum Flotten Käfer*. Von 21 Uhr bis zum nächsten Morgen, danach war ich gegen 7 Uhr bei einem Bäcker in der Nähe meiner Wohnung frühstücken.«

»Herr Sammler, das hier ist kein Spiel, sondern bittere Realität. Sie wollen mir ernsthaft erzählen, dass Ihr Alibi für diesen Mord das gleiche ist wie beim letzten Mal, als Sie hier saßen?«

Der Befragte sah sie überrascht an.

»Ja klar, ich bin doch fast jeden Tag da.«

»Dann hoffen Sie mal, dass sich diesmal wieder jemand an Sie erinnert.«

»Bestimmt. In dieser Nacht hatte ich mir einen Tanz gegönnt, die Mitarbeiterin an der Kasse erinnert sich garantiert an mich. Ich habe versucht, den Preis zu drücken. Fanden die dort nicht so witzig. Wir haben uns dann doch darauf geeinigt, dass ich den vollen Betrag zahle.«

»Als die Beamten Sie heute aus Ihrer Wohnung abgeholt haben, ist ihnen etwas aufgefallen, was beim letzten Besuch noch keine Relevanz hatte.

Ihre komplette Wohnung war gespickt mit gerahmten Bildern und gar Postern von Ihrer Ex-Frau Maria. Entweder war sie alleine darauf zu sehen oder mit Ihnen in vertrauter Pose.«

»Und, was'n das Problem? Haben Sie keine Fotos von Ihren Liebsten in der Bude?«

»Ihre Scheidung liegt mittlerweile fünf Jahre zurück. Die Dekoration in Ihrer Wohnung macht nicht den Eindruck, als wäre Ihnen das bewusst.«

»Scheidung? Ach, papperlapapp. Ja, vielleicht derzeit auf dem Papier, aber die Maria wäre schon wieder zu mir zurückgekommen. Früher oder später.«

»Wir haben ein wenig recherchiert und herausgefunden, dass Ihre Frau vor einiger Zeit ein Kontaktverbot gegen Sie erwirkt hat.«

»Ach das. Nur ein kleines Missverständnis. Maria wusste, dass Sie es damit übertrieben hat.«

»In dem Bericht steht, dass Sie bei einem Ihrer Besuche in der Wohnung des Ehepaares Sistenoch Marias neuen Ehemann vergiften wollten. In dem Bericht steht weiterhin, dass Sie bis zu dem Zeitpunkt des Kontaktverbotes mehrmals die Woche unangekündigt aufgetaucht waren, und Maria Sie nur nicht abgewiesen hatte, weil sie Mitleid mit Ihnen hatte. Und nur aus eben diesem Mitleid heraus überzeugte sie ihren Mann damals, die Anzeige gegen Sie wieder fallenzulassen.«

»Pah, ›vergiften‹ ist vielleicht etwas übertrieben.«

»Wie wollen Sie das denn nennen, was damals vorgefallen ist?«

»Es war doch nur Rizinusöl. Der Kerl musste eben mal ordentlich scheißen, und dann war alles wieder gut. Wer mir meine Maria wegnimmt, hätte eigentlich noch viel Schlimmeres verdient.«

»Sie haben dem Mann Ihrer Frau damals eine vielfache Menge der verträglichen Dosis für einen Erwachsenen in seine Suppe gemischt. Er war nicht nur mal ›scheißen‹, wie Sie das formulierten, er musste mit einer Vielzahl von Überdosierungserscheinungen ins Krankenhaus.«

»Is schon klar, und die Wehwehchen hat er genutzt, um Maria weiter gegen mich aufzuwiegeln.«

»Ihnen ist tatsächlich nicht bewusst, dass das damals falsch war, oder? Ihr einziges Glück bestand darin, dass Maria Mitleid mit Ihnen hatte. Herr Sammler, Sie wissen hoffentlich, dass diese Fakten Ihnen nicht unbedingt in die Karten spielen. Sie haben Ihrer Ex-Frau nachgestellt. Diese wollte aber nichts mehr von Ihnen wissen, und somit ergibt sich das Motiv.«

»Sie spinnen doch!«

Raik Sammler war aufgesprungen und brüllte Susanne Mayer über den Tisch hinweg an. Sie blieb ruhig und bedeutete ihm mit einer knappen Kopfbewegung, sich wieder zu setzen.

»'tschuldigung.«

»Die Kollegen haben in Ihrer Wohnung außerdem alte Apothekerbehältnisse gefunden. Sagt Ihnen Cyanid etwas?«

Er blickte nervös auf seine Finger.

»Hab' schon mal davon gehört. Weiß aber nicht, was das mit mir zu tun hat.«

»Wollen Sie denn nicht wissen, wie Ihre Ex-Frau zu Tode gekommen ist?«

»Ähm, doch, will ich.«

»Maria wurde mit Cyanid vergiftet.«

»Was? Und Sie denken ernsthaft, ich war das, nur weil ich altes Apothekenzubehör in meiner Wohnung habe?«

»Das bekommen wir noch heraus. Ich lasse Ihr Alibi prüfen. Wir behalten Sie vorerst hier.«

»Nein! Das können Sie nicht tun!«

»Doch, dass kann ich.«

»Aber ich hab' doch nüscht gemacht!«

»Sie werden es nicht glauben, aber das sagen alle.« Susanne wollte gerade aufstehen, als ihr noch eine weitere Frage in den Sinn kam. »Noch etwas: Bei welchem Bäcker haben Sie gestern gefrühstückt?«

»Hä?«

»Sie sagten doch, dass Sie nach dem Besuch im *Flotten* Käfer noch bei einem Bäcker in der Nähe Ihrer Wohnung frühstücken waren.«

»Ach so. Ja, ähem, der heißt, glaube ich, Laschek oder Latschek oder so.«

Für einen kurzen Moment schien die Zeit stillzustehen. Langsam ließ Susanne Mayer den billigen Werbekugelschreiber in ihrer Hand sinken und schaute ihren Verdächtigen durchdringend an.

»Bäckerei Latschek. Kannten Sie Gregor Latschek?«

»Hä?«

»Bitte stellen Sie sich nicht so an, das war eine simple Frage. Kannten Sie Gregor Latschek?«

»Nö, wer soll denn das sein?«

23. OKTOBER | 2:45 UHR

Den heutigen Abend hatte er gebraucht, etwas Ablenkung war unbedingt nötig gewesen. Sein Leipziger Freund Peter hatte ihn gegen 22 Uhr angerufen und in die Kneipe von Roland eingeladen. Roland kannte er nicht, aber das war egal, nach einigen Schnäpsen waren schon die besten Freundschaften entstanden.

Müde starrte ihn das Gesicht aus dem Spiegel an. Er griff nach einem Waschlappen und benetzte das raue Frotteetuch mit kaltem Wasser. Den Hahn ließ er aufgedreht, das war nicht ökologisch, klar, aber das Geräusch des fließenden Wassers beruhigte ihn. Langsam führte er den Lappen an seine linke Wange. Die Lippenstiftreste waren hartnäckig, aber ließen sich letztlich doch entfernen. Peter liebte diesen tiefroten Farbton. Noch einmal führte er das Stoffquadrat unter den mittlerweile eiskalten Strahl. Tränkte es. Rubbelte sein Gesicht ab, lieblos und viel zu fest, als könnte er damit die Spuren der letzten Jahre auslöschen. Als Gustav König erneut den müde dreinblickenden Mann im Spiegel ansah, war dessen Gesicht rot, die Haut gereizt.

Die wenigen Stunden in Rolands Kneipe hatten ihn für kurze Zeit vergessen lassen. Ja, er war beinahe beschwingt gewesen. Drei Bier und vier Tequila nach der ersten zurückhaltenden Begrüßung hatten sie sich schon über alles Mögliche unterhalten, gelacht und getanzt, neben der alten blinkenden Musikbox auf wenigen Quadratmetern. Bloß die Arbeit, die hatte ausnahmsweise gar keine Rolle gespielt. Diesen Rucksack konnte er im Dunkel der Bar absetzen, doch jetzt saß er wieder fest auf seinen Schultern, fast schwerer als je zuvor. Die Gedanken rasten, auf Schlaf brauchte er auch diese Nacht nicht zu hoffen.

Kurz bevor Peter ihn am Abend kontaktiert hatte, war er noch einmal durch die Kopien der Fallakten aus Bielefeld gegangen. Er konnte nicht mehr zählen, wie oft er jede einzelne Spur, jedes niedergeschriebene Wort oder beigelegte Foto schon gesehen hatte. Manche Passagen der Berichte kannte er auswendig. Gefährlich. So stieg das Risiko für einen gleichgültigen Blick, für eine Gewöhnung, die es unbedingt zu vermeiden galt. Aber ein Bestandteil der Akte war neu. Es gab das Standbild einer Videoaufnahme der gesuchten Person. Schlechte Qualität, verpixelt und nur im Profil. Dennoch wichtig. Die Aufnahmen machten deutlich, dass er, wie auch sein altes Team, bisher wahrscheinlich in zu engen Bahnen gedacht hatte. Nicht nur sie. Auch die beiden überlebenden Seniorinnen konnten damals keine Aussage machen, die ihren Ermittlungen weitergeholfen hätte. Wie auch, ihre gesuchte Person hatte stets das Gesicht vermummt, trug Funktionskleidung mit, laut Zeugenaussagen, unzähligen Taschen, sprach nie ein Wort, sondern folterte die Opfer von der ersten Sekunde an. Es reichte nicht aus, Geld und Schmuck zu stehlen. Nein, den Opfern wurde auch ihre Würde genommen bis hin zu ihrem Leben. Die Glücklichen, die diesen Qualen lebend entkommen konnten, verdankten dies einzig und allein dem Zufall. In beiden Situationen kam unangekündigter Besuch und verscheuchte nichts ahnend den Eindringling.

Das letzte Opfer hatte nicht so viel Glück. Aber einen ausgeprägten Sinn dafür, die eigenen Nachbarn zu beobachten. Überall am Haus und um den Garten herum waren Überwachungskameras, versteckt in geschmacklosen Tonfiguren. Gustav König widerte der Gedanke an, dass jemand auf diese Weise seine Mitmenschen bespitzelte, aber dadurch hatte zumindest ihre Ermittlung einen gewaltigen Sprung nach vorn machen können.

Die Kollegen aus seiner alten Heimat, die die Ermittlungen offiziell in der Hand hatten, folgten schon der neuen Spur und befanden sich derzeit am Wohnort des letzten Toten. Das war gut, das war sehr gut. Jedoch war ihnen die gesuchte Person bisher immer einige Schritte voraus gewesen und schien sich auflösen zu können wie ein Geist. Er würde seine Recherche auf jeden Fall weiterführen müssen. Jede helfende Hand wurde benötigt, auch wenn er sich mittlerweile unter dem Radar bewegte. Auf sein altes Team konnte er sich verlassen und er würde liefern.

Ralf Rießling hatte ihn und das restliche Team zum Essen eingeladen. Sofern der aktuelle Fall es zuließ, sollten sie heute Abend bei Leipziger Allerlei zusammensitzen und sich besser kennenlernen. Das war die Gelegenheit.

22. OKTOBER | 10:30 UHR

Als Kriminaloberkommissar Klaus Scholz mit seinem neuen Kollegen Gustav König an diesem Morgen um 10.30 Uhr am Kostümgeschäft *Verkleiden und mehr* ankam, war dieses überraschenderweise geschlossen. Ein kleiner handgeschriebener Zettel wies darauf hin, dass der Laden aus familiären Gründen am heutigen Tag nicht öffnen würde. Manfred Ast, dem Besitzer dieses kleinen Geschäfts, hatten sie ursprünglich bereits am Vortag einen Besuch abstatten wollen. Der Leichenfund am Hauptbahnhof in den frühen Morgenstunden vereinnahmte jedoch alle personellen Ressourcen. Die dritte Leiche in drei Tage, das war ein einziges Desaster. Laut Olaf Winkler waren alle Opfer durch Gift dahingerafft worden. Sie suchten nach einem Serientäter und mussten seinen Lauf schnellstmöglich beenden.

»Ich rufe mal die Kollegen im Büro an und lasse mir die private Adresse von Herrn Ast schicken.«

Klaus Scholz griff umständlich in die Innentasche

seiner Regenjacke und versuchte, sein Handy herauszufischen, welches eindeutig zu sperrig war, um sich leicht aus dem Stoff befreien zu lassen. Im fast aussichtslosen Versuch, dabei nicht komplett durchzuweichen, drehte er sich mit dem Rücken zu den Windböen, die, wie auch schon in den letzten Tagen, Unmengen an Niederschlag mit sich trugen.

Währenddessen trat Gustav König näher an das Schaufenster. Er versuchte, mit seinen Händen ein Schild links und rechts neben seinem Gesicht zu bilden, um so, geschützt vor dem starken Regen, einen genaueren Blick in das abgedunkelte Geschäft zu werfen. Die Wände und zahlreiche Warenträger innerhalb des Ladens waren über und über vollgehängt mit bunten Kostümen. Einige noch in Plastikverpackungen eingeschweißt, auf einen Käufer wartend, andere ausgepackt und bereits deutlich getragen. Vielleicht die Kostüme, die für den Verleih vorgesehen waren. Alles in allem wirkten die Materialien nicht hochwertig, grelle Farben und Accessoires aus Plastik dominierten das Bild. Gustav fiel zudem die mangelnde Sauberkeit auf. Wohin man auch schaute, lag eine dicke Staubschicht.

»Der Laden macht auf mich keinen einladenden Eindruck, es wirkt alles so – lieblos. Hier sollen die Leute wirklich Kostüme für ihre Kinder kaufen?«

Gustav wandte sich an Klaus Scholz, der gerade wieder mühsam sein Telefon zurück in die Innentasche der Regenjacke manövrierte. Ohne den Blick abzuwenden, antwortete er seinem Kollegen.

»Dieser Eindruck hat mich bei Suses und meinem ersten Besuch hier auch beschlichen, zumal Manfred Ast einen genauso verstaubten Eindruck machte wie sein Laden. Aber uns war abgesehen davon nichts Negatives aufgefallen. Der Typ war zwar distanziert, aber gleichzeitig höflich und aussagefreudig. Wenn du mich fragst, ist er ein komischer Kauz, der sich in Gesellschaft anderer Menschen nicht wohl fühlt. Fast so wie unser Olaf.« Bei den Worten musste Klaus kurz lachen, kam aber gleich wieder auf seine Ausführungen zurück. »Jedenfalls haben wir auch ein paar Kunden zu ihrer Meinung über den Laden befragt und ob ihnen etwas Außergewöhnliches aufgefallen sei. Ausnahmslos verneinten sie es. Eine Kundin hat uns davon berichtet, dass das Geschäft bis vor ein paar Monaten noch von Manfreds Vater geführt worden war, da sah es wohl auch gepflegter aus. Nach dessen überraschendem Ableben hatte sein Sohn das Geschäft übernommen. Sie formulierte es charmant und sagte, dass er in die ›Verantwortung hineinwachsen müsse‹. Um ihn tatkräftig dabei zu unterstützen, gehe sie weiterhin in den Laden und kaufe gar mehr, als sie brauche. Ihr abschließender Satz machte ihre Verbundenheit deutlich: ›Sein Vater war so ein feiner Mensch.‹ Na hoffen wir, dass er für uns nützlicher ist als für seinen geerbten Kostümladen. Komm, lass uns fahren, die Kollegen haben mir seine private Adresse geschickt, das liegt am Rande von Leipzig.«

Gemeinsam machten sie sich auf den Weg zum Dienstwagen, der in einiger Entfernung in einer Seitenstraße stand. Der Schauer schien seinen Griff noch etwas fester um die Stadt zu legen.

Eine halbe Stunde später erreichten die beiden das Haus in dem der Besitzer von *Verkleiden und mehr* wohnen sollte. Klaus Scholz fand das Gebäude passend. Genau wie Manfred Ast selbst, war es umgeben von einer abweisenden Aura. Die kleine Stadtvilla aus der Jugendstilzeit hatte ihre besten Tage längst hinter sich. Es fiel auf, dass sie zumindest teilweise saniert worden war. Gustav König bemerkte die Fenster, die den modernen Standards zu entsprechen schienen, aber außen bröckelte die Fassade. Der Farbton war grau in grau, und die einst prachtvollen Reliefs nur noch Schatten ihrer selbst. Das Grundstück des Gebäudes wurde nicht durch einen Zaun vom öffentlichen Gehweg getrennt. Sie machten sich also so schnell wie möglich mit geduckten Häuptern auf den Weg zur Haustür. Wobei Vorsicht geboten war, die Steinplatten wiesen an zahlreichen Stellen Brüche auf, in denen sich der Rasen sein Revier zurückerobert hatte. Somit waren einige Stolperfallen entstanden, besonders Klaus Scholz war alarmiert, sich hier in der Nässe der Länge nach hinzulegen, würde ihm ähnlichsehen.

An der Eingangstür angekommen, klingelten sie und warteten. Keine Reaktion. Sie klingelten ein zweites Mal. Ein kleines Dach aus Plexiglas über der Haustür, welches wie ein schlechter Scherz an der alten Villa wirkte, bot nur bedingt Schutz vor dem Regen. Klaus Scholz betätigte den kleinen runden Klingelknopf ein drittes Mal. Sie hatten Licht in einem der Fenster gesehen, es musste also jemand im Haus sein.

Endlich öffnete sich die Tür, vor ihnen stand ein emotionslos blickender Mittdreißiger. Klaus Scholz kannte ihn bereits, es war Manfred Ast. Die beiden Ermittler präsentierten ihre Dienstausweise.

»Was kann ich für Sie tun, meine Herren?« Mit Blick auf Klaus Scholz fügte er hinzu: »Ich dachte, ich hatte Ihnen und Ihrer Kollegin bereits alle Fragen ausreichend beantwortet.«

»Ja, vielen Dank. Es haben sich im Laufe der Ermittlungen neue Hinweise ergeben, die wir gerne mit Ihnen besprechen würden. Wir betrachten Sie hierbei nicht als Verdächtigen, sondern sind der Meinung, dass Sie uns helfen könnten. Wir würden gerne auf Ihre Expertise zurückgreifen. Dürften wir hereinkommen?«

Mit einer Handbewegung deutete Klaus Scholz in Richtung des Himmels und wollte damit auf die unangenehmen Wetterbedingungen hinweisen.

Manfred Ast schien dies wenig zu interessieren. Nur zögerlich und mit einem offen zur Schau getragenen

Widerwillen öffnete er die Tür etwas weiter, trat zur Seite und bedeutete den Beamten einzutreten.

Die beiden gingen durch die schmale Tür und befanden sich sofort in einer anderen Welt. Manfred Ast führte sie in das Wohnzimmer, das am Flur angrenzend im Erdgeschoss lag. Er bot ihnen an, Platz zu nehmen. Die alten Holzstühle sahen nicht aus, als wären sie noch in der Lage, ihr Gewicht zu tragen, also lehnten sie dankend ab.

»Einen Kaffee, die Herren?«

Gustav König wollte soeben ablehnen, als er seinen Kollegen neben sich flöten hörte: »Ja, sehr gerne. Danke.«

»Ich habe weder Milch noch Zucker im Haus.«

»Ohne alles passt.«

Manfred Ast wandte sich mit einem fragenden Gesicht an Gustav König.

»Ja, für mich so wie für den Kollegen.«

Langsam und bedächtig schritt ihr Gastgeber in Richtung Tür und verschwand in der Dunkelheit des Flurs.

»Was soll das, ich will gar keinen Kaffee.« Gustav König fühlte sich sichtlich unwohl.

»Ganz ruhig, wir wollen nur einen guten Eindruck machen. Er soll uns helfen, und je eher er uns als ›Freunde‹ wahrnimmt, umso schneller fasst er Vertrauen, wir bekommen Infos und sind hier wieder raus. Was ist denn eigentlich los?«

»Ich habe Klaustrophobie und weiß, der Raum ist weder verschlossen noch sonderlich klein, aber so vollgestopft mit – Dingen, dass ich mich beengt fühle.«

Beide ließen ihren Blick durch den Raum schweifen. Genau wie der Windfang war auch dieser von oben bis unten mit Holz verkleidet. Dunkle Mahagonipaneele zierten die Wände, die Decke und eine Säule. Mit einer Ausnahme waren alle Fenster mit schweren violetten Stoffen verhängt. An dem einzigen Fenster, welches natürliches Licht in das Zimmer ließ, war anscheinend die notwendige Halterung des Vorhangs abgebrochen. Aus diesem gläsernen Quadrat war auch der schwache Lichtschein getreten, der sie hatte vermuten lassen, dass Manfred Ast zu Hause war. Die alten Dielen verschwanden unter dicken, durch Staub ergrauten Teppichen. Das Wohnzimmer hatte keine Luft zum Atmen. Vollgestellt mit wuchtigen Holzmöbeln und massiven Polstermöbeln im floralen Muster, brach es beinahe unter dieser Last zusammen. Die einzelnen Stücke passten nur bedingt zueinander und gestalteten es schwierig, trotz der beachtlichen Ausmaße des Raumes, sich ungehindert zu bewegen. Wohin das Auge reichte, fanden sich Vasen, Emaille, Porzellanfiguren und Kristallgläser. Die Wände zierten zahlreiche Gemälde in opulenten goldenen Rahmen, sodass die Mahagonipaneele nur an wenigen Stellen zu sehen waren. Jemand ohne Scheu vor üppigem Hausrat hatte die Einrichtung übernommen, die vergangenen Jahrzehnte und Jahrhunderte sollten anscheinend am Leben erhalten werden. Ein Bezug zur Gegenwart fehlte gänzlich. Weder fand sich Fernseher, Stereoanlage oder Telefon, lediglich ein Grammofon prangte auf einem der zahlreichen Beistelltische, es strahlte mit den Bilderrahmen um die Wette. Gustav König fragte sich, ob es noch immer genutzt wurde.

Nach ein paar Minuten kam Manfred Ast zurück. Mit beiden Händen trug er ein Silbertablett und balancierte darauf drei geblümte Tassen mit heißem Kaffee. Sie erinnerten Klaus Scholz sehr an die Sammeltassen seiner Großmutter, mit dem Unterschied, dass damals niemand hatte daraus trinken dürfen.

Der junge Mann stellte das Tablett ab und reichte den Beamten jeweils eine Tasse.

Manfred Ast ließ sich auf dem Sofa nieder, trotz seines Alters wirkte er wie das Relikt einer vergangenen Zeit. Graue Stoffhose, graue Strickjacke, beigefarbenes Hemd und Filzpantoffeln. Gustav König schoss durch den Kopf, dass das nicht der üblichen Kleidung dieser Generation entsprach. Aber wer waren sie schon, um das zu beurteilen, außerdem gab es nichts Unwichtigeres als den Kleidungsstil des Typen. Er roch an dem Kaffee und nahm einen Schluck, das Getränk schmeckte erstaunlich gut. Schön stark, so wie er ihn liebte.

»Meine Herren, Sie haben gesagt, dass ich Ihnen eventuell helfen kann.« Seine Stimme klang selbstsicher und kraftvoll, nicht so, wie man auf den ersten Blick erwartet hätte.

Klaus Scholz ergriff das Wort:

»Es gab leider zwei weitere Todesfälle. Auf die Details zu Fundort, Mordwaffen und den Opfern können wir selbstverständlich nicht eingehen. Jedoch gibt es ein Merkmal, das die Toten verbindet. Alle trugen zum Zeitpunkt ihres Ablebens eine Art Uniform. Tatsächlich originale Kleidungsstücke aus den jeweiligen Jahrhunderten. Wir wissen, dass Sie in Ihrem Laden eher moderne Kostüme anbieten, jedoch kam uns der Gedanke, ob Sie nicht wüssten, wer in dieser Stadt oder auch im Umkreis solche Uniformen sammeln könnte? Es gibt doch mit Sicherheit so etwas wie eine Szene von Liebhabern solch alter Stücke. Vielleicht hatte Ihr Vater Kontakte, oder Sie kennen jemanden?«

Manfred Ast starrte ins Leere, fing sich aber nach kurzer Zeit wieder und blickte seine beiden Gäste im Wechsel an.

»Es ist so schrecklich, was Sie mir erzählen. Ich habe mich immer überaus sicher in unserer schönen Stadt gefühlt. Diese armen Menschen. Wer macht so etwas nur?«

»Genau das versuchen wir herauszufinden. Können Sie uns Informationen zu solchen Sammlern geben?«

»Wie Sie bereits korrekt festgestellt haben, führen wir in unserem Geschäft ausschließlich zeitgemäße Waren. Wenn Sie sich hier umblicken, ist eindeutig, dass mein Vater alte Gegenstände durchaus anziehend fand. Kaum ein Flohmarkt war vor ihm sicher, aber das war sein persönliches Vergnügen. Sofern ich weiß, hatte er keine tiefreichenden Kontakte zu irgendwelchen Liebhabern außergewöhnlicher Kleidungsstücke, und falls doch, hat er sie mit ins Grab genommen. Und ich? Nein, ich umgebe mich nur mit diesem alten Kram, weil es mich an meinen Vater erinnert. Ich würde Ihnen sehr gerne helfen, damit Sie vorankommen, aber ich habe höchstens Kontakte zu Großhändlern, die die Kostümwünsche der Gegenwart bedienen.«

Klaus Scholz stellte seine Kaffeetasse auf dem massiven Holztisch ab, der vor dem Sofa stand, und räusperte sich.

»Danke, dass Sie sich Zeit für uns genommen haben.«

»Sehr gerne.«

»Nur noch eine Frage aus purem Interesse: Auf dem Zettel, der an dem Schaufenster Ihres Ladens hing, stand, dass heute aus familiären Gründen geschlossen sei?«

»Ja, das stimmt. Mein Vater hätte heute Geburtstag gehabt. Er sagte stets, dass die Menschen die Vergangenheit nicht genug ehrten. Deshalb habe ich heute geschlossen, um ihm in Ruhe meine Ehre zu erweisen.«

»Unser Beileid. Wir werden Sie nun nicht weiter stören.«

»Vielen Dank.«

Kaum hatten sie einen Fuß hinausgesetzt, war die Tür hinter ihnen auch schon ins Schloss gefallen.

»Mist, das war ja mal eine Spur, die im Sande verlaufen ist. Ich rufe Suse an und sage ihr, dass wir nichts Neues haben.«

Klaus Scholz fing wieder an, umständlich nach seinem Telefon zu fummeln. Der Regen hatte derweil etwas nachgelassen.

»Willst du mit meinem Handy anrufen?«

»Nö, geht schon.«

»Fandest du ihn nicht auch etwas eigenartig?« Die Frage stellte Gustav König, während er schon fast bewundernd beobachtete, wie lange sein Kollege mit der Jacke kämpfte.

»Schon, aber ich denke, wir haben es hier mit einem Mann in Trauer zu tun. Der hat doch offensichtlich den Tod seines Vaters noch lange nicht überwunden.«

»Ja, kann schon sein. Ich hatte da drin nur so ein eigenartiges Gefühl. Als würde ich etwas übersehen. Oder meine Antennen waren durch die Fülle an Eindrücken einfach überlastet.«

»Das wird's sein. Der Typ bringt uns zumindest nicht weiter. Der macht so einen einsamen Eindruck, dass er mir schon fast leidtut, und Informationen hat er auch nicht, also geht die Suche weiter.«

Endlich hielt Klaus Scholz triumphierend sein Handy in den Fingern und informierte seine Vorgesetzte Susanne Mayer über den Ausgang des Gesprächs. Währenddessen blickte Gustav noch einmal zurück zu dem einzigen erleuchteten Fenster des alten Hauses.

KLAUS SCHOLZ

Erschöpft ließ er sich in den gemütlichen Ohrensessel fallen. Hier, in seiner Garage, war er für sich, hatte seine Ruhe. In ein paar Minuten würde das Fußballspiel beginnen und den Feierabend endgültig einläuten. Die Garage hatte er vor einigen Jahren umgebaut. Hier konnte er einfach mal ungestört nichts tun. Auch wenn seine Frau das nicht mochte, Klaus war der Meinung, er hatte sich das verdient.

Gerade eben am Esstisch beim Abendbrot war schon wieder die alte Leier losgegangen. Ein Blick auf seine beiden Kinder in dem Moment genügte, um zu erkennen, dass auch sie von den alltäglichen Streitigkeiten genervt waren.

Seine Frau hatte das letzte Stück Lasagne in Ruhe gekaut und hinuntergeschluckt, Messer und Gabel auf dem Teller mit Goldrand zusammengeschoben, die Hände in den Schoß gelegt und sich geräuspert. Klaus wusste sofort, dass dies der Anfang eines Gesprächs war, das nicht zu seinen Gunsten ausgehen würde. Seine Frau, die ihm trotz solcher Unterhaltungen jeden Tag spüren ließ, dass ihr Herz noch immer so wild für ihn schlug wie am Tage ihrer Hochzeit vor nun mittlerweile 21 Jahren, warf ihm regelmäßig vor, dass er in seinen Routinen gefangen war. »Festgefahren« nannte sie das. Offensichtlich war es ihr ein Dorn im Auge, dass sie nicht mehr so viel unternahmen wie früher, tanzen gingen oder auch mal ins Kino. Aber dafür war einfach keine Zeit. Er arbeitete doch permanent, montags trainierte er die Fußballmannschaft der Mordkommission, freitags war Stammtisch mit den Jungs, und die Fußballspiele in den verschiedenen Ligen wollte er auch gerne sehen, samstags und sonntags waren sie dann zu Kaffee und Kuchen bei seiner Mutti. Wo sollte sich da noch Zeit für einen romantischen Restaurantbesuch finden lassen? Seine Frau warf ihm immer wieder vor, er würde sein Leben vertrödeln, so, als wäre es nur ein Probelauf, als hätte er noch einen Versuch.

So richtig verstand Klaus nicht, worauf sie hinauswollte. Immerhin machten die beiden zum Beispiel jedes Jahr zwei Mal Urlaub. Seit 20 Jahren fuhren sie auf diesen grandiosen Campingplatz im Westen der Stadt, einmal im Frühjahr und einmal im Herbst, da gab es einen glasklaren See und einen kleinen Wald. Erst vor zehn Jahren hatten sie sich neue Zelte gegönnt. Jetzt drängte sie darauf, endlich mal in die Sonne zu fahren. Der Süden Europas schwebte ihr vor. Klaus wunderte sich nicht selten, ob seine Frau nicht sehen konnte, dass sein Alltag schon spannend genug war? Immerhin verdiente er sein Geld damit, Morde aufzuklären. Er brauchte diese Routine, vielleicht sogar Langeweile im Alltag, sonst würde er nie zur Ruhe kommen, sonst würden seine Gedanken sich immer nur um die Arbeit drehen.

Im Büro hielten ihn die meisten für einen harten Hund, fast 100-prozentige Aufklärungsrate, erfolgreiche Verhöre, geradliniges Auftreten, mal von dieser Vortragssache abgesehen. Nur seinem Team hatte er sich geöffnet, zeigte seine Unsicherheiten. Ralf Rießling und seine neue Vorgesetzte Susanne Mayer vermittelten ihm den Eindruck, neben all dem Leistungsdruck auch Mensch zu sein. Selbst der missmutige Gerichtsmediziner stärkte ihm den Rücken. Dadurch hatte er auch seine Angstzustände etwas bändigen können. Zumindest meistens. Sie waren das dunkle Nebenprodukt seines Jobs und plagten ihn seit Jahren. Vielleicht sollte er mit seiner Frau offener darüber sprechen, damit sie ihn besser verstehen konnte. Aber auch er musste neu lernen, sie zu verstehen, ihr entgegenkommen und wieder an einem Strang ziehen. So durfte es zumindest nicht weitergehen, wenn er seine Frau nicht verlieren wollte. Vielleicht sollte er die nächsten Tage mal in ein Reisebüro gehen, eine Beratung würde nicht schaden. Die Kanaren sollen doch ganz schön sein, das hatte zumindest mal die Tante Gisi erzählt.

Klaus Scholz rieb sich mit den großen schwieligen Händen über sein mit Aknenarben überzogenes Gesicht. Heute war wieder einer dieser Tage, an denen die Unsicherheit drohte, Besitz von ihm zu ergreifen. Sie waren mit ihren Ermittlungen keinen Millimeter vorangekommen. Der Besuch bei diesem zugegebenermaßen eigenwilligen Ladenbesitzer hatte nichts gebracht, und er rechnete jeden Moment mit dem Anruf, dass die nächste Leiche gefunden worden war. Da half auch die Vorfreude auf das Derby nichts; bis sie nicht irgendeinen Anhaltspunkt hatten, würde er keine Ruhe finden.

Klaus Scholz erhob sich stöhnend aus dem weichen Ohrensessel, schaltete den 55 Zoll Flachbildfernseher aus und schnappte sich seinen Dienstausweis. Es nutzte nichts, er musste noch einmal ins Büro und die Berichte der vergangenen Tage durcharbeiten. Vielleicht hatten sie irgendetwas übersehen.

23. OKTOBER | 18 UHR

Susanne Mayer hatte ihr Team für eine Besprechung in Ralf Rießlings Büro versammelt.

»Warum nutzen wir nicht einen der Beratungsräume? In Ralfs Büro müssen wir uns immer so auf die Pelle rücken.«

Olaf machte ein angewidertes Gesicht, bei dem man sich nicht sicher sein konnte, ob er spaßte oder ob es sein voller Ernst war.

»Sie sind ganz einfach alle belegt, okay? Können wir uns jetzt bitte dem Fall widmen?«

Die Kriminalhauptkommissarin schnappte sich ihre Notizen.

»Wir hatten Herrn Raik Sammler, den Ex-Mann des dritten Opfers Maria Sistenoch, bis vor circa 30 Minuten in Gewahrsam. Er hatte ein Motiv, aber sein Alibi für den mutmaßlichen Zeitraum des Todes konnte eindeutig von mehreren Personen bestätigt werden. Also mussten wir ihn gehen lassen. Ungern, da er auch schon bei dem ersten Opfer in Erscheinung getreten war und zumindest Kunde in der Bäckerei war, in der das zweite Opfer arbeitete, auch wenn Raik Sammler behauptete, Gregor Latschek nicht zu kennen.

Wie sieht es bei euch aus? Klaus und Gustav, konnte euch Manfred Ast die gewünschten Infos liefern?«

»Nein, von ihm haben wir keine neuen Anhaltspunkte erhalten.« Klaus Scholz räusperte sich. »Wie ich dir aber schon am Telefon erzählt habe, war der Besuch durchaus eigenartig. Wir haben Manfred Ast nicht in seinem Geschäft antreffen können und sind deshalb zu seiner Privatadresse gefahren. Mal davon abgesehen, dass sein Haus wirkte wie aus einer anderen Zeit, ist er, einfach gesprochen, ein schrulliger Typ. Unnahbar. Verschlossen. So unauffällig gekleidet, dass es schon wieder auffällig ist. Gesprächsbereit, aber dennoch den Eindruck vermittelnd, nur so viel preiszugeben, wie er wollte. Aber um auf die eigentliche Frage zurückzukommen: Nein, er konnte uns keine Infos zu etwaigen Liebhabern historischer Kuriositäten geben. Er gab an, dass sein verstorbener Vater zwar eine Sammelleidenschaft für alles Mögliche hatte, er selbst aber nicht und auch nichts über Kontakte in dieser Richtung wusste.«

Gustav König ergriff das Wort.

»Trotz allem kam mir während unseres Besuchs bei dem Typen etwas komisch vor. Bis jetzt lässt mich dieses nagende Gefühl nicht los, dass sich dort vor Ort etwas in unserer unmittelbaren Nähe befand, was wir zwar sehen, aber nicht zuordnen konnten.« Er faltete beide Hände vor dem Gesicht und dachte nach. »Warum wurde er überhaupt gleich zu Beginn der Ermittlungen als Verdächtiger ausgeschlossen? Wir haben die Spur zu ihm doch beim ersten Opfer gefunden, sozusagen auf einem Silbertablett.«

Susanne Mayer nickte zustimmend.

»Ich denke zwar nicht, dass ein Kassenbon zwangsläufig eine Spur auf dem Silbertablett ist, aber ich stimme dir zu. Vielleicht wurde hier etwas übersehen oder zu voreilig gehandelt. Die erste Befragung hatte jedoch nichts ergeben. Und die Glitzerkostüme in seinem Laden machen nicht den Eindruck, als stünden sie im Zusammenhang mit der Kleidung der Opfer. Jedoch konnte er uns für den Todeszeitpunkt von François Claude kein Alibi liefern, welches irgendjemand hätte bestätigen können.

Nun stellt sich die Frage: Wie – angenommen, wir behandeln ihn als Verdächtigen – stand er mit den Opfern in Zusammenhang? Kannte er sie? Was wäre sein Motiv für die Morde gewesen? Bisher haben wir hierzu nichts in der Hand.«

Stille legte sich über den Raum. Die Erschöpfung der letzten Tage schien keinen klaren Gedanken zulassen zu wollen.

»Das ist es.« Gustav König sprang plötzlich so ruckartig auf, dass sein Stuhl nach hinten umkippte. Ralf Rießling verteilte vor Schreck den Inhalt seiner Espressotasse auf dem blütenweißen Hemd und der rot-grün karierten Krawatte.

»Das ist es. Es befand sich während unseres Aufenthalts bei Manfred Ast die ganze Zeit vor unserer Nase. Mein Gefühl, etwas Offensichtliches übersehen zu haben, war keine Einbildung. In der schrecklichen Schrankwand, zwischen den Mengen von Kitsch, stand ein einziges, winziges gerahmtes Bild. Es zeigte Manfred Ast bei einem Kuss mit einem anderen Mann, und ich bin mir beinahe zu 100 Prozent sicher, dass es sich dabei um Gregor Latschek handelte. Scheiße, wie konnte mir das in dem Moment nur entgehen?«

»*Beinahe* 100 Prozent ist nicht ausreichend. Was, wenn du dich irrst? Du sagtest, das Bild wäre winzig gewesen.«

»Nein, ich irre mich nicht. Das ›beinahe‹ nehme ich zurück. Es handelte sich um ein Bild von Manfred Ast und Gregor Latschek.«

»Somit wäre er also eventuell der ominöse Partner unseres zweiten Opfers, der bei der Generalprobe anwesend sein sollte, aber nicht aufgetaucht ist.«

»Genau. Ist zumindest eine Möglichkeit.«

»Wir haben derzeit nichts anderes in der Hand, es ist zumindest eine Spur, der wir nachgehen sollten. Aber wie stand Ast mit den anderen Opfern in Verbindung, und was war sein Motiv für den Mord? Ich schlage vor, wir checken noch einmal alles, was wir zu Opfer Nummer eins und Opfer Nummer drei haben.

Prüft, ob die Namen Manfred oder Ast in irgendeinem Zusammenhang in den letzten Lebensjahren von François Claude und Maria Sistenoch auftauchen. Befragt noch einmal die Angehörigen, Freunde und Kollegen der Opfer, wenn es eine Verbindung gibt, finden wir sie. In zwei Stunden will ich erste Ergebnisse sehen.«

Schon eine Stunde später hatte sich das Team wieder versammelt. Sie waren fündig geworden.

»Wie konnten wir das übersehen?« Seine Wut war unverkennbar. Die Worte platzten nur so aus Ralf Rießling heraus. »Warum konnte sich dieser Mann so geschickt unseren Ermittlungen entziehen?«

»Ralf, wir sind alle angepisst, und jeder Einzelne hier fragt sich, was wir hätten besser machen können. Aber letztlich spielt das jetzt keine Rolle, wir müssen handeln.«

Die Recherchen ergaben, dass Manfred Ast direkt oder indirekt sowohl François Claude als auch Maria Sistenoch kannte und sich zusätzlich offenbar in einer Partnerschaft mit Gregor Latschek befunden hatte. Somit eröffnete sich für die Ermittler eine mutmaßliche Verbindung zu allen drei Opfern.

Susanne Mayer stimmte ihr Team auf die nächsten Schritte ein.

»Wir haben eine Verbindung zu jedem Opfer gefunden. Außerdem konnten wir in Erfahrung bringen, dass Manfred Ast zumindest zu Opfer Nummer eins, François Claude, in der Vergangenheit eine schwierige ›Beziehung‹ pflegte. Mir wäre es lieber, die Beweislast würde schwerer wiegen, aber es reicht für eine vorläufige Festsetzung. Ein Team wurde zusammengestellt, der Zugriff erfolgt noch heute Nacht. Wir gehen behutsam vor, bringen ihn hierher, durchsuchen sein Haus sowie die Geschäftsräume und befragen ihn noch einmal vor dem Hintergrund unseres aktuellen Wissenstandes.«

23. OKTOBER | 21 UHR

Als Susannes Team an diesem Abend gegen 21 Uhr mit
der Verstärkung von vier weiteren Kollegen in die alte
Stadtvilla der Familie Ast eindrang, wirkte es fast, als
hätte Manfred Ast bereits auf sie gewartet. Ruhig und
gefasst saß er auf dem monströsen geblümten Sofa im
Wohnzimmer. Widerstandslos nahm er den Durch-
suchungsbeschluss entgegen und ließ sich aus dem
Haus führen. Während einige Kollegen den Mann
bereits in die Dienststelle fuhren, wo er noch einige
Stunden auf seine Befragung warten sollte, durch-
suchten die anderen Polizistinnen und Polizisten die
verwinkelte Villa. Eine detaillierte Bestandsaufnahme
aller Gegenstände aus den zwei Etagen sowie den
Kellerräumen würde mehrere Wochen in Anspruch
nehmen, hier hatte unbestreitbar ein Sammler seiner Leidenschaft gefrönt. Die erste Durchsuchung
offenbarte bereits einen Einblick in die selbstgeschaf-
fene Welt von Vater und Sohn. In den Räumlichkeiten fanden sich neben Möbeln und Dekorationsarti-

keln aus verschiedenen Jahrhunderten auch Tausende alte Bücher. Neben Klassikern der Belletristik stachen zahllose Wälzer zu historischen Ereignissen heraus. Alle umhüllt von einer dicken Staubschicht. Die obere Etage wirkte, als wäre sie seit Langem in einem tiefen Schlaf versunken. Mit Ausnahme von zwei Zimmern. Bei einem der Räume handelte es sich augenscheinlich um ein Arbeitszimmer. Ein massiver Schreibtisch aus Eichenholz beanspruchte fast ein Drittel des Raumes. Die restlichen zwei Drittel waren vollgestopft mit Regalen und Pappkartons, in denen sich stapelweise handgeschriebene Aufzeichnungen verbargen. Manche davon so alt, dass das Papier bereits begann zu vergilben.

Die alte Holztür des zweiten Zimmers war mit einem robusten Vorhängeschloss versehen. Susanne fiel es nicht schwer, das Schloss zu knacken, dafür gab es genug Schulungsvideos im Internet. Nach dem ersten Blick in dieses ausgesprochen große Zimmer, flüsterte sie leise: »Bingo.« Allein der muffige Geruch, der ihnen entgegenschlug, verfestigte ihren Verdacht. Sie hatten die ganze Zeit nach Manfred Ast gesucht.

Wohin das Auge reichte, reihte sich ein Kostüm an das andere. Alles war fein säuberlich staubdicht verpackt und offensichtlich kein Vergleich zu der Billigware, die im *Verkleiden und mehr* vor sich hingammelte. Keinem einzigen Staubkorn war die Chance vergönnt gewesen, sich auf den durchsichtigen Kleidersäcken niederzulassen. An jedem Bügel, auf jeder Box war ein Zettelchen mit Beschreibung des Inhalts sowie Jahresangaben angebracht.

Im Keller fanden sie eine einzige Kiste mit persönlichen Gegenständen. Gerahmte Bilder von Vater und Sohn, keiner von beiden lächelte auch nur auf einem dieser Fotos.

Weit nach Mitternacht wies Susanne Mayer ihr Team an, mit ihr zurückzufahren, sie hatten Manfred Ast nun lange genug zappeln lassen. Die Kollegen sollten sich derweil daran machen, jeden Millimeter des Hauses zu fotografieren und zu katalogisieren. Susanne ahnte, dass ihr Verdächtiger, wie so oft, ein Produkt seiner eigenen Vergangenheit war. Sie mussten nun ein Geständnis aus ihm herausargumentieren, und wenn ihnen das gelungen war, sollten sie letztlich wissen, was ihn zum Mörder werden ließ. Während der 30-minütigen Fahrt hüllte sich das Team in Schweigen. Die Anspannung war groß. Hatten sie tatsächlich den Richtigen aufgespürt? Konnten sie dem Morden nun ein Ende setzen?

Das Verhör gestaltete sich zu Beginn einfach. Manfred Ast wurde von einem Beamten in das Vernehmungszimmer gebracht. Ihm gegenüber saßen Klaus Scholz und Gustav König. Susanne Mayer und Ralf Rießling wollten das Gespräch vom Nebenzimmer aus verfolgen. Der Verdächtige blickte die ihm gegenübersitzenden Kommissare ruhig an. Wieder wollte sein Erscheinungsbild nicht ganz in die heutige Zeit passen, er wirkte wie ein Überbleibsel längst vergangener Dekaden.

»Die Herren sind mir also doch noch auf die Spur gekommen. Nach Ihren Besuchen hatte ich zugegebenermaßen schon etwas eher damit gerechnet. Sie haben mich ganz schön lang warten lassen.«

Susanne wurde hellhörig, sollten sie etwa schon in den ersten Minuten ein Geständnis bekommen?

Klaus Scholz räusperte sich.

»Warum haben Sie es getan? Warum haben Sie François Claude, Gregor Latschek und Maria Sistenoch umgebracht?«

»Das erklärt sich doch von selbst.« Manfred Ast schaute sein Gegenüber irritiert an. »Sie haben mir keine andere Wahl gelassen.«

»Wie meinen Sie das?«

»Vater sagte immer, dass man, wenn man etwas falsch machte, dafür bestraft werden müsse.«

Manfred Ast klang auf einmal eher wie ein kleines Kind. Zerbrechlich und schüchtern.

»Was hat Ihr Vater noch gesagt?« Gustav König versuchte, herausfordernd zu klingen.

»Vater meinte, dass die meisten Menschen nur Flausen im Kopf hätten. Kaum jemand würde noch die Vergangenheit ehren. Und das sollte bestraft werden, ja, das hat er immer gesagt.«

»Und genau das haben Sie getan, oder? Sie haben es sich auferlegt, diese Menschen zu bestrafen.«

»Ja, genau. ›Auferlegt‹ ist genau das richtige Wort dafür. Das war ein ganzes Stück Arbeit.«

»Das glaube ich«, Klaus Scholz heuchelte Verständnis, »aber warum genau mussten diese drei Menschen bestraft werden?«

»Sie haben sich nicht an die Fakten halten wollen.«

Das Gespräch schien doch zäher zu werden als erwartet. Ralf Rießling brachte Susanne einen Tee aus dem Automaten auf dem Flur.

»Hier. Der Wasserkocher in der Küche ist kaputt.«

»Danke.«

Sie trank einen Schluck und wusste sofort wieder, warum sie die Brühe aus diesem Automaten mied. Einfach alles, was da herauskam, schmeckte nach Seife.

Währenddessen versuchte Klaus Scholz im Verhörraum eine andere Herangehensweise.

»Können Sie uns schildern, woher Sie Herrn François Claude kannten? Was hat dazu geführt, dass Sie sich entschließen mussten, seinem Leben ein Ende zu setzen?«

»Herr Claude war früher mein Lehrer. Wissen Sie, ich war furchtbar schlecht in Mathe. Vater sagte immer, ich ließe ihm keine Wahl. Jedes Mal, nachdem er zur Elternsprechstunde eingeladen worden war, musste er mich bestrafen. Und ich war wirklich schlecht in Mathe, diese ganzen Zahlen machten für mich einfach keinen Sinn. Oft hat er mich dann in das Arbeitszimmer eingeschlossen und ließ mich schmoren.

Naja. Vater wurde also sehr oft von meinem Lehrer in die Sprechstunde eingeladen, und über die Jahre entwickelte sich eine Freundschaft zwischen den beiden. Vater hat diesen Verein, der sich mit der Völkerschlacht beschäftigt, dann beraten und ihm sogar ein paar Uniformen geliehen. Alles Originale, wissen Sie. Vater hat die gesammelt. Nach seinem Tod habe ich Herrn Claude zugesagt, er könne sie vorerst behalten. Da hat er sich gefreut. Aber letzten Endes hat er es doch versaut und mir einfach keine Wahl gelassen. Wissen Sie? Ich musste ihn bestrafen.«

»Was hat Herr Claude denn gemacht?«

»Er besuchte mich zu Hause und brachte mir einige von Vaters Notizen zurück. Verstehen Sie, Vater hat einige Abhandlungen zu historischen Ereignissen verfasst. Darüber, wie sich wirklich alles zugetragen hat.«

Susanne Mayer und Ralf Rießling wechselten nach dieser Aussage einen vielsagenden Blick. »Herr Claude erzählte mir, dass er sich mit dem Verein darauf einigen konnte, dass zukünftig eine moderne künstlerische Version der Schauspiele zur Schlacht vorgeführt werden würden. Eine Aufführung mit Monologen und, ich konnte damals kaum fassen, was er sagte, modifizierten Kostümen. Ich meine, ist das zu glauben? Der wollte tatsächlich kleine Lämpchen an die originalen Uniformen nähen. Er bemerkte wohl, dass ich über die Idee nicht sehr erfreut war, und sagte mir, ich solle in Ruhe darüber nachdenken, und ging daraufhin. Noch Stunden später nagten seine Worte an mir. Schlimmer noch, sein Vorschlag hatte eine Wut in mir entfacht, die immer heftiger zu brennen begann. Ich fasste den Entschluss, dass ich solch eine Interpretation der Ereignisse nicht zulassen konnte. Vater hatte Herrn Claude viele Jahre lang geholfen, alles zu verstehen, hatte seine Zeit für den Verein geopfert, und das sollte nun der Dank dafür sein? Vater sagte immer, man müsse die Leute bestrafen, wenn sie etwas falsch machten. Also entschied ich mich, ihn zu bestrafen. Ich rief ihn an und sagte, dass ich über seine Idee nachgedacht hätte, fragte ihn, ob wir uns nicht treffen sollten, damit er mir noch mehr darüber erzählen könnte. Außerdem, sagte ich ihm, hätte ich noch ein Bestandteil seiner Uniform in Vaters Sammlung gefunden: eine lederne Trinkflasche. Er war außer sich vor Freude. ›Solche Details machen den Unterschied‹, meinte er. Wenigstens eine Sache, die er von Vater gelernt hatte. François war schon etwas angetrunken, es war der 18. Oktober, den verbrachte er mit seinen Vereinskollegen. Er war so überschwänglich, dass er mich in das Denkmal einlud und mir erzählte, als langjähriges aktives Vereinsmitglied hätten sie ihm die Schlüssel überlassen, damit er Gäste herumführen konnte. Arroganter Schnösel. Das war doch bloß Quatsch. Und als ob er die hätte behalten dürfen nach seiner ›Modernisierung‹. Am Telefon versuchte ich, meinen Ärger zu unterdrücken, und verabredete mich mit ihm am Wasserbecken vor dem Denkmal. Ich wusste, Herr Claude wäre einem Schlückchen nicht abgeneigt, und ich kannte auch seine Vorliebe für Liköre. Perfekt für mich. Vater hatte noch einen Mandellikör in seiner Bar stehen. Mandellikör, verstehen Sie, es war fast wie ein Wink des Schicksals. Das Getränk füllte ich zu Hause ab, gemeinsam mit dem Gift. Der eitle Pfau öffnete für uns zwei den Eingang zum Denkmal und stolzierte durch die Krypta, als hätte er sie selbst erbaut. Da reichte es mir. Ich gab ihm die Trinkflasche, natürlich voller Freude, denn ich tat ja in dem Moment uns beiden etwas Gutes. Als es vollbracht war, setzte ich seinen schlaffen Körper aufrecht hin, schön stolz, wie er eben noch wenige Momente vorher gewesen war. Wissen Sie, wie schwer so ein lebloser Körper ist? Das war ganz schön anstrengend, den in seine Position zu hieven. Die Flasche habe ich einfach dort gelassen, sie gehörte tatsächlich zu der Uniform, das musste sein.«

»Und der Schlüssel zum Denkmal? Wo befindet er sich? Wir konnten ihn nicht unter den Sachen des Toten ausmachen.«

»Selbstverständlich nicht.« Manfred Ast schaute Klaus Scholz verwundert an. Der Grund lag für Ast offensichtlich auf der Hand. »Können Sie sich vorstellen, wie spannend es ist, nachts alleine durch das

Monument zu schreiten? Natürlich habe ich den Schlüssel an mich genommen.«

»Natürlich haben Sie das. Und war Ihnen bewusst, dass dieser Mann Vater von drei Kindern war, die durch Sie nun zu Vollwaisen geworden sind?«

»Er hat mir nun wirklich keine Wahl gelassen.«

An dieser Stelle hakte Gustav König ein. Der Typ, der vor ihnen saß, war ihm zuwider, aber das durfte er nicht offen zeigen. Er konnte nicht riskieren, dass sich Manfred Ast ab nun in Schweigen hüllte.

»Was ist mit Gregor Latschek? Hatte er es auch verdient zu sterben?«

»Ach, mein Gregor.« Ein schüchternes Lächeln umspielte die Lippen des Mörders. »Um ihn tut es mir leid. Ich habe ihn geliebt. Vater hat immer gesagt, die Liebe ist nichts wert, und ich solle mir keine Gedanken um etwas machen, womit ich nur meine Zeit verschwenden würde. Aber nachdem er gestorben war, habe ich mir erlaubt, meiner Sehnsucht nach einer liebevollen Verbindung nachzugeben. Und dann trat Gregor in mein Leben. Unser Kennenlernen ist eine witzige Geschichte.

Vor einigen Monaten war mir das Brot ausgegangen, und meine übliche Bäckerei hatte Ruhetag. Da blieb mir nichts anderes übrig, als in eine andere zu gehen. Natürlich habe ich mich bei all der Auswahl für den traditionellen Familienbetrieb entschieden. Diese Leute ehrten offensichtlich die Arbeit ihrer Vorfahren.

Als ich eintrat, stand er da, fröhlich in eine Unterhaltung mit einer älteren Dame vertieft. Mich traf ein Blitz, das war ein ganz neues Gefühl, und ich wusste, er war es. Als ich an der Reihe war, versuchte ich also, mit ihm ins Gespräch zu kommen. Worüber hätte ich mit ihm sprechen sollen? Ich fing an zu schwitzen und fühlte mich total unangenehm. Bis dahin hatte ich doch noch keine Beziehung gehabt, nicht einmal Freunde, mit denen ich regelmäßig sprach. Doch dann kam mir eine Idee. In der Hoffnung, es sei seines, gab ich vor, ein Buch zu mögen, das ich auf einem Regal hinter der Theke erspäht hatte. Damit lag ich genau richtig. Am Tag darauf waren wir verabredet, er konnte stundenlang reden, und ich liebte es, ihm stundenlang zuzuhören. Wir verliebten uns. Von seinen Sperenzchen in dieser Laiengruppe hatte er mir schon zu Beginn erzählt. Begeistert war ich von diesem Quatsch nicht. Sie übertrieben es mit ihren Texten und ihrem Gesang. Scheußlich. Aber es waren allesamt fiktive Stücke, die in der Gegenwart spielten oder gar in der Zukunft. Beides Dinge, die mich nicht interessieren. Bis er eines Tages ankam und meinte, die Truppe wolle etwas Neues ausprobieren. Ein Stück, welches zur Zeit der Industrialisierung spielen sollte. Ein paar Tage zuvor hatte ich ihm das erste Mal Vaters Sammlung gezeigt, und natürlich war er der Meinung, ich könnte ihnen ein paar Kleidungsstücke für das Stück zur Verfügung stellen. Wissen Sie, Gregor konnte sehr überzeugend sein.

Und ich war verliebt, also gab ich ihm, worum er mich bat. Als Dankeschön lud er mich ein, regelmäßig bei den Proben zuzusehen, und ich sage Ihnen, es war von Anfang an ein Desaster, die Dialoge aus der Zeit gerissen, der Gesang schrecklich unpassend, und dann hat Gregor auch noch gesteppt. Ein Stepptanz! Ich bitte Sie. Dachte er etwa, die Arbeiter hatten damals Gründe, während der Schicht fröhlich durch die Fabrik zu steppen? Ich war entsetzt und stellte Gregor zur Rede, wies ihn auf all die falschen Elemente in dem Stück hin und sagte, dass er das unbedingt berichtigen müsse. So konnte das Ganze nicht aufgeführt werden. Aber er lachte nur und meinte sogar, ich solle mich nicht so aufregen, das sein nun einmal Kunst, und sie würden nichts, aber auch wirklich gar nichts an dem Stück ändern. Das konnte ich doch nicht zulassen. Er war einfach zu stur und ließ mir keine Wahl. Ich überlegte, wie ich die Aufführung verhindern könnte. Da fiel mir ein, dass es ja wohl kaum ein Theaterstück geben würde, wenn der Hauptdarsteller kurzfristig unpässlich wäre.«

»Unpässlich?«

»Sie wissen schon. Tot. Ich hatte nicht vor, zur Generalprobe zu gehen, obwohl Gregor mich einlud. Dieser Dilettantismus auf der Bühne widerte mich an. Also beschloss ich, nach der Probe dort zu erscheinen, wenn Gregor allein sein würde. Er würde länger als die anderen bleiben, immerhin wollte er die Bühne noch einmal

›fühlen‹. Er freute sich, als er mich sah, und umarmte mich stürmisch. Das löste gemischte Gefühle in mir aus, immerhin liebte ich ihn. Für einen Moment war ich sogar versucht, es gut sein zu lassen. Für ihn. Aber dann erzählte er von der Probe und zeigte mir einen entsetzlichen Tanz, den sie spontan in die Schlussszene eingebaut hatten. Das war einfach zu viel. Vater sagte doch, man muss die Leute bestrafen, wenn sie etwas falsch machten. Also holte ich den präparierten Prosecco aus meiner Tasche und tat so, als wollte ich mit ihm auf das Stück anstoßen. Gregor liebte ein Gläschen nach der Probe, je süßer desto besser. Also befüllte ich zwei Becher, gab ihm einen davon, prostete ihm zu und tat so, als hätte ich einen großen Schluck getrunken. Erwartungsgemäß kippte Gregor das gesamte Gesöff auf einmal runter. Wie gesagt, er liebte es. Dann ging alles sehr schnell. Sein Ausdruck, als er merkte, dass es mit ihm zu Ende ging, schmerzte mich. Doch, nun ja, er ließ mir keine Wahl. Als ich ihn noch ordentlich an die Säule gelehnt hatte und gerade aufräumen wollte, hörte ich aus einer der unteren Hallen Geräusche und bin schleunigst abgehauen. Dabei habe ich einen der Plastikbecher vergessen. Der passte so gar nicht ins Bild.«

»Was ist mit der blutverschmierten Spindel?«

»Die Spindel. Mmh. Die hatte ich mitgenommen, um Gregor einmal aufzuzeigen, welche Gegenstände sie gebraucht hätten, um das Stück annähernd realistisch zu gestalten, obwohl auch diese nicht perfekt gepasst hätte. Er wollte davon aber sowieso nichts wissen. Sie hatten stattdessen Lichtinstallationen. In dem Moment, als er sie in die Hand nahm, um sie genauer zu betrachten, verletzte er sich und ließ das gute Stück fallen. Ich meine, es handelte sich um ein Original. Das hätte ich ihm trotzdem noch durchgehen lassen, aber, wie gesagt, der grauenhafte Tanz war zu viel. Nachdem Gregor getrunken hatte und bereits mit den Auswirkungen kämpfte, verletzte ich auch noch seine restlichen Fingerkuppen. Es sollte authentisch wirken.«

»Sie haben also den Mann, den Sie angeblich liebten, umgebracht, weil er in einem Theaterstück einen Stepptanz aufführen wollte?«

»Wenn Sie das so formulieren, geht die Notwendigkeit meines Handelns unter. Können Sie denn nicht verstehen, dass er mir keine Wahl gelassen hat?«

Noch bevor Gustav König die Gelegenheit hatte, mit »Nein« zu antworten, ergriff sein Kollege das Wort.

»Kommen wir zu Maria Sistenoch, ihrem dritten Opfer. Wie war ihre Beziehung zueinander?«

»Zu Maria kann ich wenig sagen. Sie war eine Bekannte von Vater, hat ihm regelmäßig die Haare geschnitten.«

»Haben Sie sie ermordet?«

»Ja, das schon. Aber das war eigentlich gar nicht so geplant.«

»Können Sie uns erzählen, was passiert ist?«

»Maria hatte Vater damals, während eines Friseurbesuchs, von ihrem Stammtisch erzählt. In meinen Augen eine Gruppe von Frauen, die sich besäuft und auf Kostümveranstaltungen geht. Anscheinend mochte Vater diese plumpe Person.« Manfred Ast rollte mit den Augen. »Jedenfalls hat er ihr damals eine unserer besten Uniformen für Zugbegleiterinnen überlassen. Auch nach Vaters Tod hatte sie es nicht für notwendig erachtet, mir unser Eigentum zurückzugeben. Manche Menschen haben einfach keinen Anstand.«

Susanne Mayer glaubte kaum, was sie hörte. Ein Mörder, der über fehlenden Anstand anderer Personen lamentierte?

»Vor wenigen Tagen hatte ich mich sehr zeitig auf den Weg zur Arbeit gemacht. Die Inventur stand an. Gerne beginne ich dafür schon nachts mit der Bearbeitung, um genügend Vorlauf zu haben, bevor die ersten Kunden in den Laden kommen. Außerdem war das kurz nach Gregors Tod, da konnte ich irgendwie nicht so gut schlafen.«

»Sie meinen, weil Sie Ihren Partner ermordet haben?«

»Die Sache mit dem Becher lag mir schwer im Magen.«

Bei dieser Aussage hätte Gustav König fast seine Professionalität vergessen, als ihm Klaus Scholz mit einem Blick signalisierte, den Mann nicht zu unterbrechen. Sie wollten noch mehr Informationen.

»Da habe ich sie plötzlich auf der Straße gesehen, wie sie mit ihren Freundinnen in Richtung Hauptbahnhof torkelte. Und die Alte trug doch ernsthaft die Uniform, die Vater ihr gegeben hatte, für eine Kostümveranstaltung und nicht für ein hemmungsloses Besäufnis wohlgemerkt. Es war unfassbar. Ich folgte den Frauen, die sich im Bahnhofsgebäude verabschiedeten, und kurz darauf stand Maria vollkommen alleine am Bahnsteig. Sie wartete auf ihren Zug, laut Anzeigetafel dauerte es aber noch circa 20 Minuten, bis der nächste kommen sollte. Meine Wut war zu diesem Zeitpunkt ins Unermessliche gestiegen, ich konnte sehen, dass die Uniform voller Flecken war. Einige davon frisch, es sah aus wie Erbrochenes. Das hätte Vater nicht zugelassen. Man musste die Leute doch bestrafen, wenn sie etwas falsch machten. Für meine Arbeit im Laden hatte ich mir frisch gebrühten Kaffee mitgenommen. Mir fiel ein, dass eine kleine Tasse zu ihrer Kluft gehörte, sie hing stets an einem Gummi, der am Gürtel befestigt war. Mein Plan war es vorzugeben, mir Sorgen zu machen und ihr einen Schluck anzubieten, damit sie sich aufwärmen konnte. Natürlich verfeinert mit dem restlichen Gift, das sich zum Glück noch in meiner Umhängetasche befand. Nachdem ich in einer ruhigen Ecke die Mixtur vorbereiten konnte, ging ich auf sie zu. Maria erkannte mich sofort und umarmte mich. Warum auch immer. Was für ein widerliches Gefühl sich in dem Moment durch meinen Körper zog! Sie versuchte, mir zu kondolieren, wohlbemerkt sechs Monate nach Vaters Tod, aber sie war zu betrunken, um deutlich zu sprechen. Das steigerte meinen Ekel noch mehr. Ich wollte die Sache einfach nur schnell hinter mich bringen. Also stützte ich sie, lächelte und bot ihr den Kaffee an. Sie nahm ihn dankend an. Nachdem die Sache dann endlich vorbei war, setzte ich sie in das Gleisbett. Zugegebenermaßen hatte ich die Hoffnung, der Zug würde sie auch noch erwischen. Ich weiß, man kann nicht zweimal sterben, aber manchmal geht meine Wut etwas mit mir durch.«

»Wie sind Sie an das Gift gelangt?«

»Sehen Sie, darüber haben wir noch gar nicht gesprochen. Eigentlich auch eine witzige Geschichte, weil sich dadurch der Schuh schließt. Oder sagt man, es wird ein Kreis daraus? Egal. Marias Ex-Ehemann hatte jahrelang einen Stand auf dem Lieblingsflohmarkt von Vater und hat dort altes Apothekenzubehör verkauft. Jedes Mal, wenn Vater mit ihm sprach, prahlte er damit, dass er noch alte Giftbestände zu Hause habe, die er in der Küche aufbewahrte. Ich bin bei ihm eingebrochen und habe mir genommen, was ich brauchte. Was hätte er auch tun sollen? Bei der Polizei anzeigen, dass sein Gift geklaut wurde?«

Manfred Ast fiel nun merklich in sich zusammen und starrte auf seine Finger.

»Sie haben mir doch keine Wahl gelassen. Wenn jemand etwas falsch macht, muss er bestraft werden.«

Dann richtete er seinen Blick auf Gustav König.

»Mein Fehler war das Bild im Wohnzimmer, oder? Ich konnte mich einfach noch nicht davon trennen. Ihr Blick damals bei mir zu Hause ist mir nicht entgangen und auch nicht Ihr krampfhafter Versuch, das Gesehene einzuordnen. Es war nur eine Frage der Zeit, bis Sie wieder vor meiner Tür stehen würden. Und nun werde ich bestraft, weil ich einen Fehler gemacht habe.

Nun schauen Sie doch nicht so. Ich bin kein Monster. Es musste sein. Und wissen Sie, auch ich musste mich überwinden. Mit der Vergiftung von Herrn Claude kam eine Situation auf mich zu, der ich zumindest in dieser Form noch nie ausgesetzt war. Die Überwindung, den Blick zu halten, bis sich das Leben aus den Augen des Gegenübers stiehlt, dafür braucht man Durchhaltevermögen. Den unbändigen Wunsch, das Leuchten zu nehmen. Es ist, als würde man von außen auf die Szenerie schauen. Als wäre man übermächtig und hätte die ganzen unwissenden Menschen in seiner Hand. Man hat die Wahl, sie sanft zu halten oder erbarmungslos zu zerquetschen.«

Nach der Vernehmung bat Susanne Mayer darum, ein Gutachten über das Leben des Täters zu erstellen. Das Lesen des Resultats offenbarte ihr die Leidensgeschichte eines Menschen, der nie den Zugang zu seinem eigenen Leben finden konnte.

Die Mutter war gestorben, als Manfred fünf Jahre alt war, der Vater hatte jeglichen Kontakt zur Verwandtschaft abgebrochen und den Sohn weitestgehend isoliert von der Außenwelt großgezogen. Der Alte war scheinbar herrisch gewesen und hatte schon früh damit begonnen, ihm seine Hobbys aufzudrängen. Als Bestrafung für vermeintliche Vergehen wurde Manfred in das Arbeitszimmer gesperrt und musste Seite um Seite Abhandlungen zu geschichtlichen Ereignissen verfassen. Wenn diese Texte nicht mit dem historischen Verständnis des Vaters übereinstimmten, blieb er so lange mit Papier und Stift eingesperrt, bis sie der Vorstellung des Alten entsprachen. Es entwickelte sich eine Obsession, die keine abweichenden Meinungen und Interpretationen zuließ. Nach dem Tod seines Vaters wurde diese Besessenheit noch verstärkt. Das Gutachten machte deutlich, wie Manfreds Vater ihn über Jahre hinweg gequält hatte. Mitunter musste er tagelang ohne Nahrung auskommen.

Am Ende des Gutachtens fand sich ein Originalzitat von Manfred Ast: »Vater hatte einen Fehler gemacht, er ließ mir keine Wahl. Ich musste ihn bestrafen.«

Susanne ließ den Bericht langsam sinken, griff zu ihrem Handy und wählte Ralf Rießlings Telefonnummer. Dieser meldete sich schon nach dem zweiten Klingeln.

»Ralf, ich denke, es gibt ein weiteres Opfer.«

GEDANKEN TÄTER

Sie wissen nichts, ich verspreche es dir. Sie wissen nichts von Mama und den anderen. Oder von dir. Unser Geheimnis ist bei mir sicher. Sollen sie mich doch einsperren. Wir zwei haben schon gut aufgeräumt. Du hattest recht damit, dass man sich unauffällig verhalten und sie gut verstecken müsse. Aber ich wollte auch, dass die Menschen verstehen. Dass die Menschen uns verstehen und begreifen, warum es notwendig war, diesen Weg zu gehen und warum es weiterhin notwendig sein wird. Für mich endet dieser Weg nun, aber ich gebe die Hoffnung nicht auf. Unsere zahlreichen Schriften werden sich verbreiten und jemanden finden, der die komplette Tragweite versteht. Ich vertraue darauf, dass unser Werk fortgesetzt wird.